猎魔人

Mniejsze zło
勿以恶小

[波兰] 安杰伊·萨普科夫斯基 著　　[法] 乌戈·潘森 绘　　巩宁波 译
Andrzej Sapkowski　　　　　　　Ugo Pinson

THE WITCHER ILLUSTRÉ : LE MOINDRE MAL
© Andrzej Sapkowski, 1993 for the text. Original Title: Mniejsze zło
(a novella contained in OSTATNIE ŻYCZENIE (THE LAST WISH), a collection of short stories)
© Editions Bragelonne 2020 for the illustrations.
Published in arrangement with Patricia Pasqualini Literary Agency., through The Grayhawk Agency Ltd.
Simplified Chinese Translation Copyright © 2023 by Chongqing Publishing House Co., Ltd.
All right reserved.

版贸核渝字（2022）第33号

图书在版编目(CIP)数据

猎魔人. 勿以恶小 /（波）安杰伊·萨普科夫斯基著,(法) 乌戈·潘森绘；
巩宁波译. 一重庆：重庆出版社,2023.12
ISBN 978-7-229-17844-4

Ⅰ.①猎⋯ Ⅱ.①安⋯ ②乌⋯ ③巩⋯ Ⅲ.①长篇小说—波兰—
现代 Ⅳ.①I513.45

中国版本图书馆CIP数据核字(2023)第147051号

猎魔人·勿以恶小
LIEMOREN·WU YI E XIAO

[波兰]安杰伊·萨普科夫斯基 著 [法]乌戈·潘森 绘 巩宁波 译
责任编辑：邹 禾 魏映雪 方 媛
装帧设计：徐 图
责任校对：刘 艳

重庆出版集团 出版
重庆出版社

重庆市南岸区南滨路162号1幢 邮政编码：400061 http://www.cqph.com
重庆出版社艺术设计有限公司 制版
重庆市豪森印务有限责任公司 印刷
重庆出版集团图书发行有限责任公司 发行
E-mail:fxchu@cqph.com 邮购电话：023-61520646

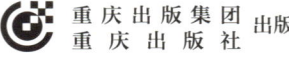
重庆出版社天猫旗舰店
cqcbs.tmall.com
全国新华书店经销

开本：889mm×1194mm 1/8 印张：8 字数：70千
2023年12月第1版 2023年12月第1次印刷
ISBN：978-7-229-17844-4
定价：88.00元

如有印装问题，请向本集团图书发行有限公司调换：023-61520678

版权所有 侵权必究

作者简介：

乌戈·潘森

乌戈·潘森1987年出生于法国南特，是一名建筑师之子。他自小便刻苦练习绘画，后求学于南特皮沃艺术院校。在校期间，他得到了同插画师、建筑师、考古学家及古董专家让-克劳德·戈尔万共事的机会。2015年，他出版漫画《巨石阵》第一卷，以油画形式讲述了凯尔特人的冒险故事，这部根据科尔贝昂的脚本绘制的作品让他在业界名声鹊起。从此，他开始为众多出版商绘制封面插画，如德尔古出版社、格雷纳出版社……还和许多杂志（例如《费加罗历史》）有过合作。在2018年，他还参与了迪南城堡博物馆的修复工作。

对传统绘画和故事的爱好让他机缘巧合地加入了《猎魔人·勿以恶小》绘本的创作，本书所有插图均是以油画形式呈现的。接下来，他还将参与一个颇具雄心壮志的漫画项目。

安杰伊·萨普科夫斯基

安杰伊·萨普科夫斯基1948年生于波兰。曾获"扎伊德尔"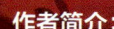奖（先后共五次）、"大卫·盖梅尔"奇幻文学奖，并获颁波兰文化与民族遗产部授予的文化功绩奖章。他创作的《猎魔人》传奇故事被翻译成了37种语言，总销量超过1500万册，还改编为电子游戏《巫师》系列，拍摄多部真人连续剧等，取得了国际性的成功。他从斯拉夫神话、北欧神话等古老的神话传说和流行的童话故事中汲取灵感，用讽刺手法将故事讲述得更为巧妙，并以此探讨更具有当代意义的问题：歧视、异化，以及在不断变化的世界中寻找意义。

他的另一部代表作，历史幻想巨著《胡斯》以15世纪欧洲波希米亚十字军东征为背景，第一卷《愚人之塔》（Narrenturm）即将在本社出版。

译者简介：

巩宁波，山东淄博人，文学硕士，天津外国语大学欧洲语言文化学院波兰语专业负责人、波兰语讲师，研究方向为波兰文学、语言学、区域与国别研究。2014年毕业于北京外国语大学欧洲语言文化学院波兰语专业，获文学学士。2017年毕业于波兰华沙大学波兰语言文学系，获文学硕士。译有《希姆博尔斯卡选读札记Ⅱ》。

① 波兰幻想文学最高荣誉。

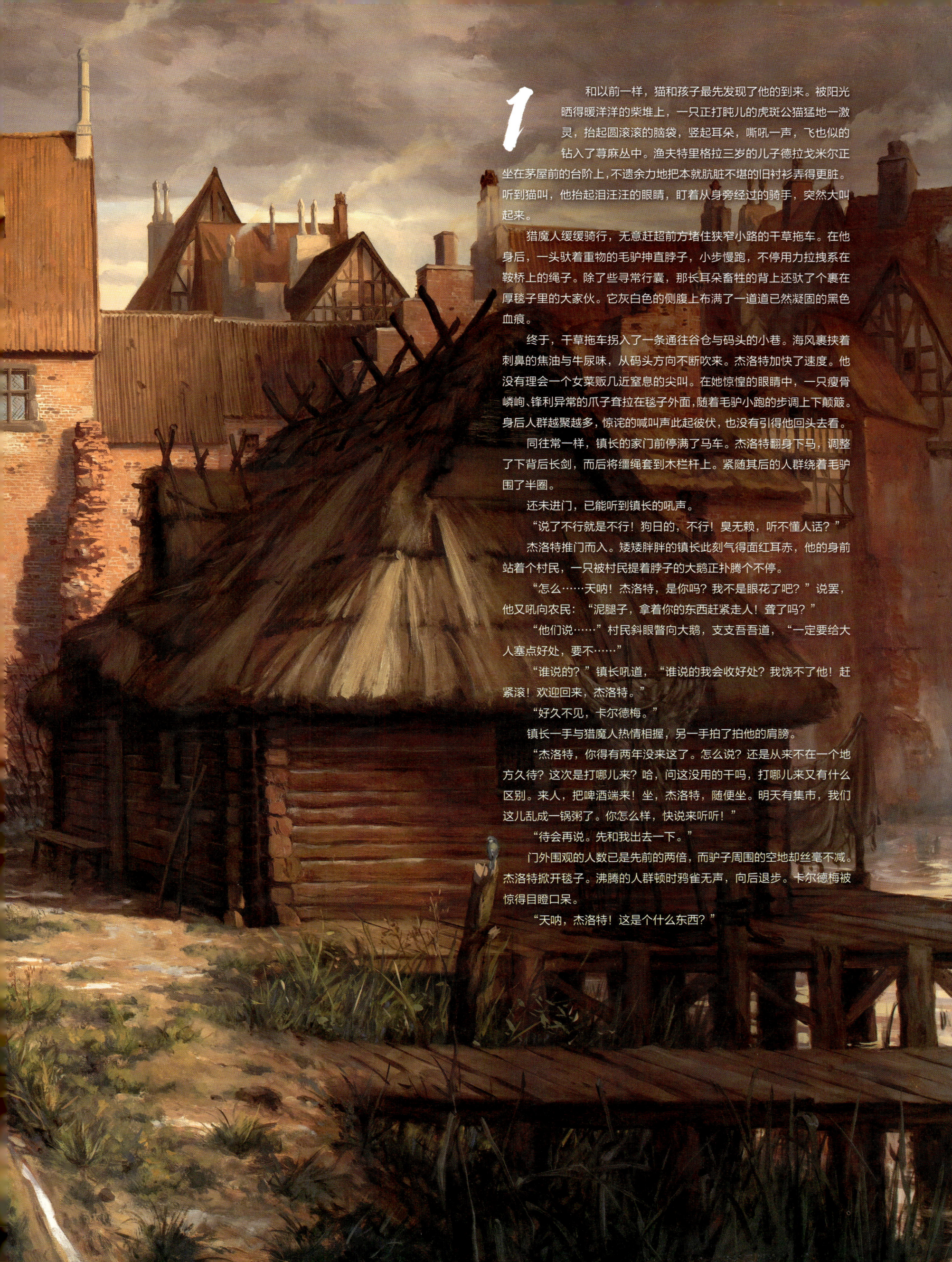

1

和以前一样,猫和孩子最先发现了他的到来。被阳光晒得暖洋洋的柴堆上,一只正打盹儿的虎斑公猫猛地一激灵,抬起圆滚滚的脑袋,竖起耳朵,嘶吼一声,飞也似的钻入了荨麻丛中。渔夫特里格拉三岁的儿子德拉戈米尔正坐在茅屋前的台阶上,不遗余力地把本就肮脏不堪的旧衬衫弄得更脏。听到猫叫,他抬起泪汪汪的眼睛,盯着从身旁经过的骑手,突然大叫起来。

猎魔人缓缓骑行,无意赶超前方堵住狭窄小路的干草拖车。在他身后,一头驮着重物的毛驴抻直脖子,小步慢跑,不停用力拉拽系在鞍桥上的绳子。除了些寻常行囊,那长耳朵畜牲的背上还驮了个裹在厚毯子里的大家伙。它灰白色的侧腹上布满了一道道已然凝固的黑色血痕。

终于,干草拖车拐入了一条通往谷仓与码头的小巷。海风里夹着刺鼻的焦油与牛尿味,从码头方向不断吹来。杰洛特加快了速度。他没有理会一个女菜贩几近窒息的尖叫。在她惊惶的眼睛里,一只瘦骨嶙峋、锋利异常的爪子耷拉在毯子外面,随着毛驴小跑的步调上下颠簸。身后人群越聚越多,惊诧的喊叫声此起彼伏,也没有引得他回头看去看。

同往常一样,镇长的家门前停满了马车。杰洛特翻身下马,调整了下背后长剑,而后将缰绳套到木栏杆上。紧随其后的人群绕着毛驴围了半圈。

还未进门,已能听到镇长的吼声。

"说了不行就是不行!狗日的,不行!臭无赖,听不懂人话?"

杰洛特推门而入。矮矮胖胖的镇长此刻气得面红耳赤,他的身前站着个村民,一只被村民提着脖子的大鹅正扑腾个不停。

"怎么……天呐!杰洛特,是你吗?我不是眼花了吧?"说罢,他又吼向农民:"泥腿子,拿着你的东西赶紧走人!聋了吗?"

"他们说……"村民斜眼瞥向大鹅,支支吾吾道,"一定要给大人塞点好处,要不……"

"谁说的?"镇长吼道,"谁说的我会收好处?我饶不了他!赶紧滚!欢迎回来,杰洛特。"

"好久不见,卡尔德梅。"

镇长一手与猎魔人热情相握,另一手拍了拍他的肩膀。

"杰洛特,你得有两年没来这了。怎么说?还是从来不在一个地方久待?这次是打哪儿来?哈,问这没用的干吗,打哪来又有什么区别。来人,把啤酒端来!坐,杰洛特,随便坐。明天有集市,我们这儿乱成一锅粥了。你怎么样,快说来听听!"

"待会再说。先和我出去一下。"

门外围观的人数已是先前的两倍,而驴子周围的空地却丝毫不减。杰洛特掀开毯子。沸腾的人群顿时鸦雀无声,向后退步。卡尔德梅被惊得目瞪口呆。

"天呐,杰洛特!这是个什么东西?"

"奇奇莫拉。镇长先生,杀了它没什么赏金吗?"

卡尔德梅看着那怪物,不安地跺了跺脚。它形如蜘蛛,黑色的皮肤已经干瘪,玻璃似的眼球中镶着竖直的瞳孔,血盆大口里满是针状的尖牙。

"这是……从哪儿……"

"在海堤附近的沼泽里,离镇子有四英里远。卡尔德梅,之前一定有人在那失踪,尤其是孩子。"

"你说的没错。但谁也……谁能想到……嘿,大家伙,该回家的回家,该干活的干活去!有什么好看的!杰洛特,盖上吧。招得苍蝇到处乱飞。"

回到房间,卡尔德梅一言不发,抓起酒壶一饮而尽,而后重重呼出一口气,抽了抽鼻子。

"没有赏金。"他满面愁容,开口道,"毕竟谁也没料到,盐沼里会藏着那种东西。没错,是有几个人在那附近失踪,但……很少有人会走那条海堤。你又是为什么要从那儿走?怎么不走大路?"

"卡尔德梅,天天走大路的话,我可赚不到什么钱。"

"我这记性。"镇长脸颊鼓起,强忍住没有打嗝,"这地方以前多太平啊,就算是家养小精灵都很少往女主人的牛奶里撒尿。现在可好,怪物都跑到跟前来了。按理说,我得好好谢谢你,但实在没法付你赏金。账上没钱了。"

"真遗憾。我还指望你能给点过冬的钱。"猎魔人喝了口酒,抹了抹嘴边的酒沫,"我打算去伊斯帕登,但还不知道能不能在大雪封路前赶到那儿。有可能我会被困在卢顿大路沿途的某个镇子上。"

"那你打算在布拉维肯待多久?"

"很快就走。我没时间耽搁。马上要入冬了。"

"你打算在哪落脚?要不在我这儿?阁楼上有间空房,何必让旅店老板们坑你的钱,那些人跟强盗没什么两样。我们好好聊聊,你可得和我说说,广阔世界里发生了什么新鲜事。"

"我是乐意,但你的丽布莎会怎么想?上次我就发现,她可不怎么待见我。"

"我家还轮不到女人做主。不过,私底下说一句,吃晚饭的时候,你可别当着她的面干上次那事了。"

"你说的是我拿叉子丢老鼠那事?"

"不,我说的是,角落里黑咕隆咚的,你一下子就飞中了它。"

"我还以为那挺有趣的。"

"是挺有趣,但别当着丽布莎的面那么干。还有,外面那什么……奇奇……"

"奇奇莫拉。"

"你还留它有用?"

"有意思,能有什么用?换不了赏金的话,你可以让人把它丢到粪池。"

"这主意倒不错。来人!卡莱卡、博格、诺希卡麦克,有谁在呐?"

一名肩扛长矛的城镇守卫走了进来,只听"哐"的一声,他的矛头卡在了门框上。

"诺希卡麦克,"卡尔德梅说道,"找人搭把手,把门外那头驴子牵到猪圈后头,然后把裹在毯子里的那脏东西丢到粪池里。听明白了吗?"

"遵命。不过……镇长大人……"

"怎么了?"

"把那恶心东西丢粪池前……"

"嗯?"

"是不是可以让伊利昂大师看看。说不准他会用得上。"

卡尔德梅手掌往脑门上一拍。

"挺聪明的嘛,诺希卡麦克。听着,杰洛特,说不定我们的城镇巫师会买下那具腐尸。渔夫们老把各种怪鱼送他那儿,比方说八爪鱼、克拉巴特鱼、鳄头冰鱼,不少人都赚到了。走吧,我们去高塔。"

"你们这来了个巫师?他是常住还是暂居?"

"常住。他叫伊利昂大师,在布拉维肯已经住了一年了。杰洛特,光看长相就知道,他是个强大的法师。"

"我可不觉得强大的法师会出钱买奇奇莫拉。"杰洛特冷笑道,"据我所知,没一样炼金药剂在制作时会用得着它。大概那位伊利昂大师只会羞辱我一番,我们猎魔人和巫师的关系可不怎么样。"

"我可从没听说过伊利昂大师会羞辱人。他付不付钱,这我没法保证,但试试总没坏处。万一沼泽里藏着更多这种奇奇莫拉怎么办?还是让巫师瞧上一眼,说不准他会往沼泽上施些法术什么的。"

猎魔人想了一会。

"说的也对,卡尔德梅。那我们就去会会那位伊利昂大师。走吗?"

"走。诺希卡麦克,把那群小孩赶走,牵上那头长耳朵驴子。我帽子去哪儿了?"

2

高塔由无数打磨光滑的花岗岩垒砌而成,塔顶是齿状的城垛,巍峨耸立于碎瓦破砖的老房子和草顶塌陷的茅屋之中,更显得它格格不入、气派非常。

"看样子他翻新过这塔。"杰洛特说道,"使用的魔法还是要你们出的力?"

"主要是魔法。"

"那位伊利昂大师为人怎么样?"

"为人正派,也会帮助大家伙儿。不过他这人性格孤僻,不爱热闹,几乎不出塔。"

高塔的大门上镶有浅色木材雕琢而成的蔷薇花饰,还吊着个巨大的门环。门环铺首是个扁平鼓眼的鱼头,尖牙利齿的鱼嘴中衔着个黄铜圆环。似乎对此颇为熟悉的卡尔德梅走上前去,清了清嗓子,一口气说道:

"镇长卡尔德梅有事相商,冒昧打扰伊利昂大师。猎魔人利维亚的杰洛特与我同行,同样有事相商。"

很长时间都没什么动静。终于,鱼嘴动了动满是尖齿的下颚,喷出一小团水汽。

"伊利昂大师今日不见客。离开吧,好人们。"

卡尔德梅在原地跺了跺脚,看向杰洛特。猎魔人耸了耸肩膀。诺希卡麦克正全神贯注、一本正经地挖着鼻孔。

"伊利昂大师今日不见客。"门环用刺耳的声音重复道,"离开吧,好人们……"

"我可不是什么好人。"杰洛特大声打断道,"我是个猎魔人。驴背上驮着的是只奇奇莫拉,我杀它的地方离镇子近在咫尺。维护附近安全是每个常住巫师的责任。如果伊利昂大师不愿意,那他不必屈尊与我交谈,也不必与我见面,但请他务必瞧瞧这只奇奇莫拉,判断事态轻重。诺希卡麦克,卸下那只奇奇莫拉,把它扔到门前头。"

"杰洛特,"镇长小声道,"你先走,我还得留这儿……"

"一起走,卡尔德梅。诺希卡麦克,把指头从鼻孔里掏出来,照我说的做。"

"等等。"门环的声音与之前迥然不同,"杰洛特,真的是你吗?"

猎魔人暗骂一声。

"我可没剩多少耐心了。没错,真的是我,那又怎样?"

"到门口来。"门环喷出一小团水汽,出声道,"就你自己。我放你进来。"

"奇奇莫拉呢?"

"管他的。杰洛特,我只想和你一个人聊聊。请见谅,镇长。"

"哪儿的话,伊利昂大师。"卡尔德梅摆了摆手,"走了,杰洛特,我们晚会再见。诺希卡麦克!把那怪物丢粪池去!"

"遵命。"

猎魔人走到蔷薇花饰的门前,大门缓缓开出了一条仅容一人挤过的缝隙,而后猛合上,将他置身于伸手不见五指的黑暗之中。

"嘿!"他毫不掩饰自己的愤怒,大喊道。

"马上就好。"回应他的声音莫名熟悉。

猝不及防的感觉瞬间涌来,猎魔人趔趄两步,伸手寻找支撑,周围却空无一物。

果园盛开着白色和粉红色的花朵,散发出雨水的味道。一道五颜六色的彩虹划过天空,连接着林木的树梢与远处连绵的蓝色山脉。果园里有间矮小朴素的屋子,没在茂盛的蜀葵丛中。杰洛特低头看了看脚下,发现自己正站在齐膝的百里香丛中。

"好了,来吧,杰洛特。"一个声音传来,"我就在屋子前。"

他走入森林环绕的果园之中。觉察到左侧的动静,他转头看去。

一个全身赤裸的金发少女手中提着个装满苹果的篮子,正走在一排灌丛边上。猎魔人心中暗暗发誓,无论待会发生何事,都不会令他大吃一惊了。

"终于见面了。欢迎,猎魔人。"

"斯泰高伯!"杰洛特大吃一惊道。

猎魔人这辈子碰见过长得像市议员的小偷、长得像老乞丐的议员、长得像公主的妓女、长得像母牛的公主,还有长得像小偷的国王,但斯泰高伯永远都是一副人们想象中巫师该有的标准模样:他又高又瘦,弯腰驼背,长着粗浓的花白眉毛与长长的鹰钩鼻;更何况,他还穿着一身袖口奇宽、拖尾曳地的黑色长袍,手里拄着根极长的、末端镶有水晶球的法杖。杰洛特认识的所有巫师中没一个看起来跟斯泰高伯似的。更奇怪的是,斯泰高伯还真是个巫师。

蜀葵环绕的门廊处有张白色大理石的小桌,他们坐到了桌旁的柳条椅上。一丝不挂的少女提着苹果篮子来到近旁,微微一笑,转过身子,扭着婀娜的腰肢款款走回果园。

"这也是幻象?"杰洛特盯着摇摆的倩影,问道。

"没错。这里的一切都是。不过,亲爱的朋友,这是最高等的幻象。花儿有香气,苹果可以吃,蜜蜂可以蜇人,而她——巫师指向金发少女——你可以……"

"以后再说。"

"也好。你来这干吗,杰洛特?还是以猎杀那些濒危物种赚钱谋生?那只奇奇莫拉换了多少钱?想必是一个子儿都没换到,不然你也不会来这儿。考虑到世上有人并不相信命运,那也许你早知道了我的事。你知道吗?"

"不知道。我想破脑袋也不会想到你在这儿。没记错的话,你以前住在考威尔一座和这儿差不多的高塔里。"

"自那以后很多事都变了。"

"比如你的名号。你现在是人们口中的伊利昂大师了。"

"这座塔的建造者叫这个名字,他死了得有两百年了。我觉得,占了人家的住处,就该表示一下敬意。我成了这儿的居民。大多数本地人都以捕鱼为生,你也知道,我擅长的魔法除了幻象,还有天气。有时我会平息风暴,有时又会唤起风暴,有时也会催动西风将牙鳕和鳕鱼群赶到浅滩。日子还算过得下去。我的意思是……"他神色黯然补充道,"以前的日子还算过得下去。"

"为什么要说'以前的'?碰上什么事了?"

"命运有很多张面孔。我的命运表面光鲜亮丽,内里却是丑陋肮脏。它血淋淋的爪子伸向了我……"

"斯泰高伯,你是一点也没变。"杰洛特冷笑道,"老是装出一副高深莫测的表情胡说八道。就不能正常说话?"

"好吧。"巫师叹气道,"只要你乐意听下去,我就依你的意思来。为了躲避一只想要杀我的可怕怪物,我一路逃亡,藏到了这里。可就算逃到天涯海角又有什么用,它还是找到了我。所有的迹象都表明,它十有八九会在明天动手,最迟不过后天。"

"啊哈，"猎魔人漠然道，"现在我听明白了。"

"看样子，你可一点没把我的死活放在心上，对不对？"

"斯泰高伯，"杰洛特道，"世道就是如此。出门在外，人会见识到很多事情。两个农夫昨天还在地里为了条田埂打得你死我活，到了第二天，两个想置对方于死地的领主挑起战事，整片田地顷刻就被互相厮杀的军马夷为平地。林中小路的沿途，无数吊死鬼随风摆动。密林深处，商人们的喉咙被强盗无情割开。在城市里走路，动不动就会被排水沟里的尸体绊倒。宫殿里的权贵们手握匕首互相刺杀，宴会上时不时有人倒在桌下，浑身青紫，毒发身亡。我已经习惯了。既如此，我为什么要把眼前的生死放在心上，何况还是你的死活？"

"更何况还是我的死活？"斯泰高伯冷笑道，"亏我还拿你当朋友。还一直指望你能帮我。"

"我们上次见面是在考威尔的伊迪国王的宫殿里。"杰洛特道，"我那时杀了条在当地肆虐的双头蛇，跑去索要报酬。你和你的同僚扎维斯特却异口同声地把我称作江湖骗子、无脑的杀戮机器，还有——如果我没记错的话——食尸鬼。结果伊迪不仅没有付我一个子儿，还限我十二个小时内离开考威尔，要不是他的沙漏坏了，我差点折在那里。而你现在却好意思说有怪物对你穷追不舍，指望我来帮忙。你有什么好怕的，斯泰高伯？如果被抓了，就告诉它，你喜欢怪物，还一直在保护它们，确保那些个食尸鬼猎魔人不去找它们的麻烦。当然，如果那怪物还是把你开膛破肚，吞进腹中，那它就是个恩将仇报的王八蛋。"

巫师扭过头去，一声不吭。杰洛特哈哈大笑。

"行了斯泰高伯，别气鼓鼓的像只青蛙。说吧，什么东西要取你性命。我们看看有没有法子。"

"你有没有听过'黑日诅咒'？"

"当然听过。只不过是另一个名字——'疯巫艾尔迪巴德狂躁症'。这病得名于一个引起了轩然大波的巫师。他引发的闹剧导致几个出身名门甚至是王族的少女或被屠杀，或被囚禁在高塔中。据称她们被恶魔附了身，受了诅咒，被所谓的'黑日'污染了。在你们夸张的行话里，被称为'黑日'的东西不过就是世上再常见不过的日食。"

"艾尔迪巴德绝对不是疯子，他解读了从沃士格尔大墓地中发掘出来的达乌克立石上的文字，研究了矮妖的传说与神话。所有的文献和传说都不容置疑地提到了日食。'黑日'预示着莉莉特即将再临以及人类的灭亡。而莉莉特，至今仍以尼雅之名在东方受到崇拜，'找到六十个头戴金冠的女人，让她们的鲜血填满河谷'，便会让莉莉特重返人间。"

"不光胡扯，"猎魔人说道，"还不押韵。但凡像样的预言都会押韵。艾尔迪巴德和巫师议会的居心谁瞧不出来？你们不过是在利用那疯子的妄想来巩固自己的权力。你们的目的是分解同盟、破坏联姻、搅得王朝鸡犬不宁，换言之，就是把头戴王冠的提线木偶身上的绳子拉得更紧。而你却还在这里和我长篇大论，扯那些连集市老头都不屑一顾的预言。"

"你可以不信艾尔迪巴德的理论，可以不信那些对预言的解读。但你可没法质疑一个事实，那就是日食过后不久出生的女孩当中，有人身体发生了可怕的突变。"

"凭什么不能质疑？我可是听到了些恰恰相反的事。"

"解剖其中一人时，我就在现场。"巫师说道，"杰洛特，我们在头骨和脊髓中发现的东西，根本没法确切定义。她的体内有种红色的海绵状物质，内脏都拧成了一团，有些脏器压根就找不到。所有的器官表层都附着了移动的纤毛和粉紫色的菌丝。她的心脏有六个腔室，虽然两个已经萎缩，但那又如何。这些你怎么解释？"

"我见过双手是鹰爪的人，见过牙齿是狼牙的人，还见过多生了关节、器官和知觉的人。这一切都是你们滥用魔法的结果。"

"你说的这些都是各种各样的突变。"巫师抬起头，"而你又凭借身为猎魔人的天职，杀了多少这样的突变者来换取钱财？为了什么？还不是因为他们长着狼牙，有可能只会冲旅店里的乡下姑娘们龇牙傻笑，同时又有可能拥有狼的天性，袭击孩童。那些日食后出生的女孩就是这样，我们发现，她们内心残忍、暴力、好斗、易怒的冲动无法遏制，还有着旺盛的性欲。"

"这话适用于所有女人。"杰洛特冷笑道，"你到底想说什么？你问我杀过多少突变者，那你怎么就不好奇，我为他们多少人解除过魔法和诅咒？而我，不过是个被你们蔑视的猎魔人。你们这些强大的巫师，又做了些什么？"

"我们在不同的神殿内使用了各种高等魔法，既有我们的，也有祭司的。所有的尝试换来的结果都是女孩们的死亡。"

"这证明恶的是你们，而非那些女孩——第一批尸体就这么搞到手了。实话实说，你们只解剖了这一批？"

"不止。别这么看着我，你很清楚，后来还有不少尸体。刚开始是决定把所有人抹除。我们先是除掉了……十几个。尸体都做了解剖，其中一个是活体解剖。"

"你们这些狗娘养的还有脸谴责猎魔人？呵，斯泰高伯，早晚有一天，人们会想明白一切，找你们算总账。"

"我可不觉得那样一天会很快到来。"巫师厉声道，"别忘了，我们所做的一切正是为了保护他们。突变者可能会让整片大地被血海淹没。"

"你们这帮鼻孔朝天、自以为是的巫师才这么认为。既然说到了这儿，你敢说，对所谓的'突变者'进行猎杀时，你们就从没犯过错？"

"随你怎么想吧。"斯泰高伯沉默良久，开口道，"虽然站在自身立场，我不该如此，但我会实话实说。我们犯过错，而且不止一次。她们极难辨别。所以我们也不再一味……抹除她们，开始对她们进行隔离。"

"用你们那些大名鼎鼎的高塔。"猎魔人冷哼一声。

"没错,我们的高塔。但那又是一个错误。我们低估了她们,有很多人逃了出去。一股解救被囚美人的疯狂潮流在王子们之间风靡起来,尤其是那些无法承袭王位、没什么正事、更没什么顾虑的小王子们,更是前赴后继。好在,他们大多数都在攀登高塔时摔断了脖子。"

"据我所知,囚在塔里的女孩们很快就死了。有人说,是你们动的手脚。"

"这是诬蔑。她们迅速死亡的原因其实是意志消沉,拒绝进食……有意思的是,死前不久,她们透露出了预言的能力——这是突变的又一个铁证。"

"这证据可说什么也说服力。就没别的了?"

"有。纳洛克的女王希尔文娜,我们从没成功地接近过她,因为她很快就登上了王位。现在那个国家正在发生可怕的事情。埃文米尔之女菲尔卡,借助辫子编成的长绳逃出了高塔,如今在北维尔哈德为祸一方。有个白痴王子放跑了塔加尔的柏妮卡,如今那鬼迷心窍的蠢货正蹲在地牢,绞刑架成了塔加尔再寻常不过的风景。这样的例子还有不少。"

"当然还有。"猎魔人道,"比方说,老态龙钟的亚摩拉克国王阿伯拉德长着瘰疬,牙掉剩一颗不剩,出生的日子大概要比那场日食早一百多年,不杀个人就睡不着觉。他灭了所有亲人,杀了半数民众,就因为他的内心有着——用你们的话说——无法遏制的怒火。旺盛的性欲同样有迹可循,老头子年轻时人们甚至给他起了个绰号叫'阿伯拉德·扯裙狂'。呃,斯泰高伯,要是统治者的暴行都能用突变和诅咒来解释就好了。"

"听我说,杰洛特……"

"我拒绝。别再白费口舌让我认同你们,更别想让我相信艾尔迪巴德不是个罪行累累的疯子。不如继续谈谈威胁你的那怪物。听完你前面那些话,你最好清楚,我并不喜欢这故事。但我会听你把话说完。"

"不再冷嘲热讽地打断我了?"

"这我可没法保证。"

"随你吧。"斯泰高伯双手缩入长袍大袖,"你出言打断的次数越多,我需要的时间就越久。听好了,一切始于北方一个叫科莱顿的小公国。科莱顿大公弗雷德法克的夫人阿瑞黛娅是位既聪明又有教养的女士。她的家族中出过许多杰出的魔法工艺学徒,所以她一定是通过继承的方式,获得了一个十分罕见且强大的法器:尼哈勒尼亚之镜。你也知道,使用尼哈勒尼亚之镜的大多是先知和祭司,虽说晦涩难懂,但那些镜子可以精准地预言未来。阿瑞黛娅就经常向镜子发问……"

"我猜是那个老掉牙的问题。"杰洛特打断道,"'谁是世界上最美丽的人?'据我所知,所有的尼哈勒尼亚之镜分为两种,一种是善解人意的,一种是被砸成碎片的。"

"你猜错了。阿瑞黛娅更关心国家的命运。对于她的问题,魔镜预言:她和无数人将会悲惨死去,罪魁祸首便是弗雷德法克与其第一任妻子所生的女儿。阿瑞黛娅费了番周折,把这消息送到了巫师议会,随后议会就把我派去了科莱顿。我想不必多说你也明白了,弗雷德法克的长女就生在日食过后不久。我小心翼翼地观察了那小家伙一阵。可就在那短短的时间里,她就虐杀了两只金丝雀和两条小狗,还用梳子柄剜下了女侍的一只眼睛。我用咒语做了几次测试,大多数结果表明,那小家伙是个突变者。我带着结论找到了阿瑞黛娅,因为弗雷德法克眼里除了女儿,什么都没有。而阿瑞黛娅,如我所述,是位聪明的女士……"

"的确聪明,"杰洛特再次打断道,"而且一定不怎么疼爱继女。她可巴不得让自己的孩子们继承王位呢。接下来的事也不难猜,当时同样没人把她的脖子拧断,顺便一提,你也没能办到。"

斯泰高伯叹了口气,抬眼看向天空。那道彩虹依旧闪耀着绚丽的色彩,如画一般。

"我当时只想把她关起来,但公爵夫人另有打算。她雇了个猎人把那小家伙带去了森林,后来我们在灌丛中发现了他。他没穿裤子,所以不难还原事发经过——一定是趁着他的注意力完全放在其他东西上时,她拿胸针从他的耳孔直接刺进了脑子。"

"如果你觉得我会为他感到惋惜,"杰洛特咕道,"那你可就错了。"

"我们组织了场搜捕,"斯泰高伯继续道,"但她没留下一丝痕迹。弗雷德法克已经起了疑心,我只得从科莱顿匆忙离开。四年后我收到了阿瑞黛娅送来的消息。她寻到了那小家伙的下落:她和七个小矮人住在玛哈坎,而且在她的怂恿下,矮人们丢掉了在矿井呛灰的营生,干起了拦路打劫商人的勾当。人们都叫她'伯劳鸟',因为她喜欢把抓到的人活活穿到尖木桩上。阿瑞黛娅雇了几批杀手,却无一人生还。后来就很难找到敢去杀她的人了,小家伙当时已经十分出名,她的剑术已精湛到没几个男人可以与之匹敌。受到召唤后,我偷偷赶往科莱顿,到了之后才得知有人毒死了阿瑞黛娅。人们都认为是弗雷德法克本人干的,因为他铁了心另娶一个更年轻更娇美的庶妻,但在我看来,真凶一定是伦芙芮。"

"伦芙芮？"

"她就叫这名字。就是她毒死了阿瑞黛娅。不久之后，弗雷德法克公爵在一场古怪的狩猎意外中去世，阿瑞黛娅的长子也离奇失踪。一定也是那小家伙的手笔。我虽然说她是'小家伙'，但当时她已经十七岁了，而且个头不小。"

"与此同时，"片刻沉默后，巫师继续道，"她和她的矮人们已经成了整个玛哈坎的噩梦。不过有一天，他们却内讧了起来，不知道是因为分赃不均还是对夜猎顺序不满，总之矛盾大到了让他们自相残杀的程度。恶战过后，七个小矮人无一生还，只有伯劳鸟活了下来。只她一人。我当时正在附近。我和她面对面撞了个正着：她马上就认出了我，明白了我当年在科莱顿所起到的作用。听我说，杰洛特，那野猫提剑朝我冲来时，我的双手抖到根本不受控制，剑到眼前咒语方才勉强出口。她被我封了一块六厄尔宽、九厄尔长的水晶石中。等她陷入昏睡后，我把那块水晶丢入了矮人的矿井，还把竖井给毁了。"

"这活真糙。"杰洛特评论道，"这咒语又不是不能解除。你不是会很多厉害的咒语吗，就不能把她烧成灰？"

"不，我可不擅长那种咒语。不过你说的没错，我的确搞砸了。有个白痴王子发现了她，花了一大笔钱解除了咒语，得意忘形地把她带回了家——某个遥远的东方王国。他的父亲是个老强盗，脑子要清醒得多。他毒打了儿子一顿，打算从伯劳鸟嘴里撬出她和矮人们多年抢劫、精心藏匿的那些财宝的下落。他错就错在，命人把她脱个精光绑在酷刑台上时，他的大儿子也在场。结果，不知何故，第二天大儿子成了既无父母也无兄弟姐妹的孤儿，掌握了王国大权，伯劳鸟也成了国王最宠爱的情妇。"

"也就是说，她是个美人。"

"全看你品位如何。情妇没当多久，就发生了政变，说是政变都是抬举，那儿的宫殿跟牛棚也差不了多少。事实很快证明，她没把我忘了。她在考维尔暗杀了我三次。我决意不再以身犯险，躲到了庞塔尔。她又找到了我。我赶忙逃到安格伦，她还是找到了我。不知道她到底是怎么做到的，我一点痕迹都没留下。这肯定是她突变的能力。"

"你怎么不故技重施，再用水晶把她封住？可别说是因为良心有愧。"

"不，是我根本做不到。不知为何，她对魔法免疫了。"

"这不可能。"

"怎么不可能，只要有相应的法器或者光环就行，这或许和她不断进化的突变有关。我逃离了安格伦，躲到了这儿，弓海地区的布拉维肯。刚过一年安生日子，她又发现了我的行踪。"

"你怎么知道？她已经在镇上了？"

"没错，我在水晶球里看到了她。"巫师举起法杖，"她不是一个人，还带了一伙人来，这是大事即将发生的征兆。杰洛特，我已无处可逃，我不知道还能躲去哪儿。对，此时此刻你来到这里绝非巧合。这是命运的安排。"

猎魔人扬了扬眉毛。

"你想要我怎么做？"

"这还用问？杀了她。"

"斯泰高伯，我不是个拿钱办事的杀手。"

"你不是个杀手，这点我同意。"

"没错，我猎杀怪物是为了换取钱财。但我杀的是危害人间的妖兽，是被你这种人用魔法和诅咒催生的恶魔。我杀的不是人。"

"她不是人。她本就是只怪物、突变者、该死的怪胎。你带了只奇奇莫拉过来。伯劳鸟可要比奇奇莫拉邪恶得多。奇奇莫拉杀人是为了果腹，而伯劳鸟单纯以杀人为乐。杀了她，你要多少钱我都会付给你。当然，只要不超过合理的范围。"

"我已说过了，在我看来，你嘴里讲的那些突变和莉莉特诅咒的故事都是一派胡言。那女孩有理由找你算账，我不会掺和到这件事里。去找镇长和城镇守卫吧。你是当地的巫师，当地的法律会保护你。"

"去他娘的法律！去他娘的镇长！去他娘的帮助！"斯泰高伯激动道，"我要的不是保护，我要的是你把她杀了！谁也进不来这座塔，我在这里绝对安全。但那又如何，我可不打算蹲在这里度过余生。我很清楚，只要我活着，伯劳鸟就不会死心。难道我要困在塔里等死？"

"那些女孩就是如此。知道吗，巫师，你早该把狩猎女孩的工作让给其他更强大的巫师，早该考虑到事情的后果。"

"求你了，杰洛特。"

"不行，斯泰高伯。"

巫师沉默了。不真实的天空中，不真实的太阳依然悬于中天，但猎魔人知道，布拉维肯已是黄昏。他感到了腹中饥饿。

"杰洛特，"斯泰高伯道，"我们听到艾尔迪巴德的理论时，很多人曾有过怀疑。但我们决定选择小恶。现在，我请求你做出同样的选择。"

"恶就是恶，斯泰高伯。"猎魔人起身，严肃说道，"大恶、小恶、中恶，没有任何区别，程度是虚构的，界限是模糊的。我不是圣人，这辈子也并非没做过错事，但要我在两恶之中做出选择，那我宁愿一个都不选。我该走了，明天见。"

"明天见。"巫师道，"如果还有机会的话。"

3

"金色庄园"是镇上有名的旅店,店内十分嘈杂拥挤。无论是本地客还是外来客,大多都在忙着从事符合自身种族和职业的典型活动:事业心强的商人们在和矮人们就货物价格与借贷利息唇枪舌剑,事业心差点的商人们时不时往端着啤酒和豌豆卷心菜的女侍屁股上捏一把;当地的蠢人们装出一副见多识广的样子;妓女们一边卖力地取悦有钱客人,一边嫌弃地拒绝那些没钱穷鬼;车夫渔夫们喝酒的架势就跟明天再也喝不到了似的;水手们正纵情高歌,赞美大海的波涛、船长的英勇和人鱼的美丽,对后者的描绘更是绘声绘色、细致入微。

"好好想想,塞特尼克。"为让声音不被周围的嘈杂吞没,卡尔德梅身子探过柜台,对老板说道,"六男一女,穿着镶银的黑色皮衣,都是诺维格拉德人的打扮。我在卡口看到过他们。他们来你这了还是在'金枪鱼'旅店?"

正用条纹围裙擦拭酒杯的旅店老板听罢,凸额头拧作一团。

"在我这,镇长大人。"终于,他说道,"他们说是为了集市赶来的,所有人都带着剑,那女的也是。和您说的一样,都穿着黑色衣服。"

"那就对了。"镇长点头,"他们现在在哪?在这看到他们呢。"

"在小隔间里。他们付了金子。"

"我自己去。"杰洛特说道,"至少暂时来说,还没必要兴师动众。我去把她带过来。"

"这样也好。不过记着,我不想这儿发生骚乱。"

"我会注意。"

从越来越多的淫词秽语不难判断,水手们的歌谣已接近尾声。隔间入口的门帘满是污垢,僵硬而黏腻,杰洛特掀帘而入。

桌旁坐着六个男人。他想见到的人不在其中。

"干吗?"最先发现他的人大嚷道。那人是个秃瓢,一道歪斜的疤痕自左眉、鼻梁至右脸颊贯穿而过。

"我想见见'伯劳鸟'。"

两个一模一样的身影同时从桌边站起。他们有着同样面无表情的脸,同样垂至肩膀的金色乱发,身上同样的黑色紧身皮衣闪烁着银饰的光芒。接着,那对双胞胎用一模一样的动作从长凳上拿起两把一模一样的长剑。

"冷静点,维尔。坐下,尼米尔。"疤脸男手肘架在桌上,出声道。

"兄弟,你说你想见谁?'伯劳鸟'是哪位?"

"你很清楚我说的是谁。"

"这人是谁?"一个壮汉问道。他光着膀子,身上汗涔涔的,腰间缠了几圈的束带打了个十字结,小臂戴着铆钉护臂,"你认识他吗,诺霍恩?"

"不认识。"疤脸男道。

"他是个白化病人。"坐在诺霍恩身旁的瘦削黑发男人奸笑道。精致的脸庞、黑色的大眼和尖翘的耳朵将他半血精灵的身份暴露无遗,"白化病人,突变者,怪胎。体面人待的酒馆里也能放这玩意进来。"

"我以前在哪见过他。"说话者是个体格敦实、肤色黝黑、束着马尾的男人。他眯起眼睛,不怀好意的眼神在杰洛特身上上下打量。

"没必要纠结在哪见过他,塔维克。"诺霍恩道,"喂,兄弟,西弗瑞刚才狠狠羞辱了你,你不找他干一架?今晚这么无聊。"

"不。"猎魔人平静回道。

"要是我把这碗鱼汤倒你头上,你找不找我干架呐?"赤膊男放肆大笑道。

"冷静点,十五。"诺霍恩道,"他说了不打就是不打。就这样吧。嘿,兄弟,说完你要说的话赶紧离开。现在你还有机会自己走。你要不珍惜,那就等人把你抬出去吧。"

"我和你没什么好说的。我想见见'伯劳鸟',也就是伦芙芮。"

"听到了么,伙计们。"诺霍恩眼神扫了一圈同伙,"他想见伦芙芮。那兄弟,能不能说说你有什么目的呢?"

"不能。"

高筒靴的银色褡扣叮当作响,双胞胎已向前迈出一步,诺霍恩抬头看向两人。

"我想起来了。"马尾辫突然说道,"我想起来在哪见过他了!"

"你在嘟囔什么,塔维克?"

"是在镇长家的门口。他好像带了条龙去换钱,那玩意长得像蜘蛛和鳄鱼杂交出来的。人们说他是猎魔人。"

"猎魔人是啥?"光膀子的十五问道,"嗯,西弗瑞?"

"收钱办事的施法者。"半精灵道,"眼里只有银子的神棍。我都说了,他们是怪胎。猎魔人的存在践踏了人类和神明的律法,就该被统统烧死。"

"我们不喜欢施法者。"塔维克眯起的双眼死死盯着杰洛特,咬牙切齿道,"西弗瑞,看来在这破地儿我们要干的活会比预想的多。这儿不止一个这种人,谁都知道,他们爱抱团。"

"鱼找鱼,虾找虾,乌龟找王八。"半精灵恶毒地笑道,"大地竟也容得下你这样的人。到底谁把你们生下来的,怪胎?"

"何不多点宽容。"杰洛特平静说道,"在我看来,你妈妈一定经常一个人在森林里转悠,才让你有了思考自己来历的理由。"

"也许吧。"半精灵脸上笑容依旧,回应道,"但我至少知道我妈妈是谁。你们猎魔人可说不上来。"

杰洛特抿紧嘴唇,脸色微微变白。诺霍恩对他的反应视若无睹,放声大笑。

"嘿,兄弟,这样的侮辱你可不能装作没听到。你背上的东西看

上去是把剑,怎么样,要不要和西弗瑞出去解决?今晚这么无聊。"
猎魔人没有反应。

"可耻的懦夫!"塔维克叫嚣道。

"他怎么说西弗瑞的妈妈来着?"诺霍恩巴放在交叉的双手上,用同样的语气继续道,"我听着是句非常下流的话。说她放荡什么的。嘿,十五,难道就由着不知哪儿冒出来的流浪汉侮辱同伴的妈妈吗?操他妈的,母亲是神圣的!"

十五欣然起身,解下长剑,用力砸到桌上。他挺起胸脯,正了正镶满铆钉的护臂,啐了口唾沫,向前跨出一步。

"我来稍作解释,"诺霍恩道,"十五这是想和你比比拳头。我说过了,你会被人抬出去。给他们腾腾地方。"

十五举拳步步逼近。杰洛特把手放在了剑柄上。

"当心。"他说道,"再往前一步,就在地上找你的手吧。"

诺霍恩和塔维克手握长剑猛然站起。沉默不语的双子用一模一样的动作同时拔剑。十五连连后退,只有西弗瑞一动未动。

"这儿搞什么呢,该死的?就不能留你们单独待一会?"

杰洛特缓缓转身,撞上了一双海水色的眼睛。

她几乎和他一般高,稻草色的头发剪得参差不齐,稍稍垂过耳朵。她单手扶门,穿着紧身的天鹅绒夹克,系着一条华美的腰带。她的裙摆长短不一、不太对称——左边长及小腿,右边则露出了麋鹿皮靴靴筒上方紧致结实的大腿。她的身子左侧佩一把长剑,右侧别一把短匕,柄首处镶有一颗硕大的红宝石。

"怎么哑巴了?"

"来了个猎魔人。"诺霍恩嘟囔道。

"所以呢?"

"他想和你聊聊。"

"那又怎样?"

"他是个施法者!"十五吼道。

"我们讨厌施法者!"塔维克大嚷道。

"放松点,伙计们。"女孩道,"他想和我聊聊,这又不犯法。你们接着玩,记着,别惹乱子。明天就是集市日了,你们也不想把这美丽小镇如此重大的活动给搞砸吧?"

随之而来的沉默中传出一阵小声而恶毒的窃笑。一直漫不经心、四仰八叉躺在长凳上的西弗瑞正笑个不停。

"得了吧,伦芙芮。"半精灵边笑边说,"重大……活动!"

"马上给我闭嘴,西弗瑞。"

西弗瑞马上收住了笑容。杰洛特毫不惊讶,伦芙芮的声音中有种非常古怪的东西,让他联想到映射在剑刃上的红色火光、垂死者的哀号、战马的悲鸣与鲜血的气味。其他人一定也想到了差不多的东西,就连塔维克那黝黑的脸庞也变得煞白。

"喂,白头发的。"伦芙芮打破了沉寂,"我们去外面的大堂吧,会会那位跟你一块来的镇长。他一定也想和我聊聊。"

在柜台一旁等待的卡尔德梅见到他们,停下了和旅馆老板的窃窃私语,挺了挺胸膛,抱起两条胳膊。

"听好了,小姑娘。"他开门见山,强硬地说道,"这里这位利维亚的猎魔人已经告诉了我们你来布拉维肯的目的。看来你要对我们的巫师图谋不轨。"

"也许吧。那又如何?"伦芙芮用同样不太客气的语气轻声反问道。

"城镇法院和城堡法院不会对这种犯罪行为坐视不理。在我们弓海这儿,用刀剑寻仇罪同强盗。所以,要么明天一早你就跟你那帮一身黑的同伙离开布拉维肯,要么我就把你们投入地牢,以防……怎么说来着,杰洛特?"

"以防万一。"

"没错。听懂了吗,小姑娘?"

伦芙芮把手伸进腰间的一个小袋里，取出了一张折叠多次的羊皮纸。

"镇长，认字的话就好好读读吧。还有，别再叫我'小姑娘'。"

卡尔德梅接过羊皮纸，读了很长时间，随后一言不发，把它递给了杰洛特。

"'致诸位城督、封臣与自由民，'"猎魔人大声念道，"'我宣布，科莱顿公国公主伦芙芮是我们尊贵的客人，任何胆敢昌犯她之人必将受到严惩。——奥杜恩国王……''冒犯'写错了。但印章看上去是真的。"

"本来就是真的。伦芙芮一把夺过他手里的羊皮纸，说道，"这可是你们奥杜恩陛下签署的，所以我劝你们别来惹我。不论写得对不对，冒犯我的后果你们谁也担不起。镇长大人，你无权把我投入地牢，也别再叫我'小姑娘'。目前而言，我可没触犯任何法律。"

"你要胆敢逾越一步，"卡尔德梅看上去像是要吐口水，"我就把你和那张纸一块扔到地牢。我对天发誓，小姑娘。我们走，杰洛特。"

"猎魔人，我和你还有话要讲。"伦芙芮碰了碰杰洛特的肩膀。

"别错过晚饭。"镇长回头道，"不然丽布莎可会发火。"

"我会赶上的。"

杰洛特靠在柜台上，一手把玩戴在脖子上的狼头徽章，盯着女孩蓝绿色的眼睛。

"我听说过你。"她开口道，"你是利维亚的杰洛特，白发的猎魔人。斯泰高伯是你的朋友？"

"不是。"

"那事情就好办了。"

"也没那么好办。我不打算袖手旁观。"

伦芙芮的眼睛眯了起来。

"斯泰高伯明天就得死。"她拂去额头上参差不齐的发丝，轻轻说道，"如果死的就他一个，算得上是小恶。"

"怕是没这么简单。要了斯泰高伯的性命前，恐怕还得搭进去几条人命。我看不到任何其他的可能性。"

"几条你可说少了，猎魔人。"

"想吓唬我，光动嘴可没用，伯劳鸟。"

"别叫我伯劳鸟。我不喜欢。我想说，我看到了其他的可能性，值得一谈的可能性，但是现在，丽布莎在等你。不过，那位丽布莎漂亮吗？"

"你想和我说的都说完了？"

"没有。但现在你该走了。丽布莎在等你。"

阁楼上的小房间里有人在。杰洛特还没有走到门口，就从徽章不易察觉的微弱颤动中知晓了这点。他吹灭楼梯上的油灯，从长靴中拔出匕首，别在身后的腰带上，而后拧动门把。房间内漆黑一片，但对猎魔人来说却并非如此。

他慢慢迈过门槛，小心翼翼地关上身后的房门。下一瞬间，他箭步踏出，如离弦之箭般扑向坐在他床上的人影，将其按倒在床，左臂抵在对方下颌，伸手去拔匕首。他没有拔出它。事情有点不对劲。

"不错的开始。"她一动不动地躺在他身下，用沉闷的声音说道，"我早有预料，只是没想到我们俩这么快就上了床。麻烦把手从我的喉咙上拿开。"

"是你。"

"是我。听着，你有两个选择。第一个：把我放开，我们谈谈。另一个：我们就保持这姿势，但至少让我把鞋子脱了。"

猎魔人选择了第一个。女孩舒了口气，起身整理了下头发和裙子。

"点上蜡烛。"她说道，"我不像你一样可以暗中视物，我一向喜欢看清楚和自己谈话的人。"

她迈开穿着高筒靴的长腿，走到桌旁坐了下去。她身姿高挑、修长、灵活，看上去没带任何武器。

"你这有什么喝的吗？"

"没有。"

"还好我带了。"她边笑边将一个旅行酒囊、两个皮制酒杯放到桌上。

"快半夜了。"杰洛特冷冷道，"能不能直接说正题？"

"别着急。来，先喝一杯。祝你健康，杰洛特。"

"也祝你健康，伯劳鸟。"

"我叫伦芙芮，该死的。"她猛地抬起头，"我允许你省掉公主的头衔，但也别再叫我伯劳鸟了！"

"小点声，你会把所有人都吵醒。现在能不能告诉我，你从窗户溜进来究竟想干什么？"

"这都猜不到，你可真笨呐，猎魔人！我想让布拉维肯避免一场屠杀。为了和你谈谈这事，我不惜像三月的猫儿一样从房顶走来，你该心存感激才是。"

"不胜感激。"杰洛特道，"只不过我不明白，这场谈话又有什么用。情况就摆在面前。斯泰高伯守在巫师塔里不出来，要想杀了他，你就得攻下那座塔。但若你动了手，你的那张安全通行证就派不上用场了，你若公然违法，奥杜恩也不会保你。镇长、守卫、整个布拉维肯都会与你为敌。"

"如果整个布拉维肯都要与我为敌，那可真令人感到遗憾。"伦芙芮笑了笑，露出森森白牙，"你不是见过我的人了吗？我向你保证，他们个顶个都是好手。你能想象，如果他们和那些走两步都能被自己的长戟绊倒的蠢驴卫兵打起来，会发生什么吗？"

"伦芙芮，难道你认为我会站在一旁安安静静看他们打架？如你所见，我住在镇长家，必要时我会站在他那边。"

"我相信你会这么做。"伦芙芮的神色变得严肃起来，"只不过你会是孤身一人，其他人早躲到地下室去了。世上没有能够同时对付七名剑客的战士，任何人都做不到。行了，白发，我们别再吓唬彼此了。我说了，屠杀和流血是可以避免的。说清楚点，有两个人可以阻止一切发生。"

"洗耳恭听。"

"第一人，"伦芙芮道，"便是斯泰高伯自己。他如果心甘情愿地从塔里出来，让我把他带到某处荒郊野外，布拉维肯就可以继续沉浸在浑浑噩噩的日子里，很快忘掉整件事。"

"斯泰高伯看上去是有些疯癫，但还没疯到这种程度。"

"谁知道呢，猎魔人。谁知道呢。有些论断无法反驳，有些提议无法拒绝，比方说'特里达姆的最后通牒'。我会给那巫师一份'特里达姆的最后通牒'。"

"这所谓的最后通牒有什么用处？"

"这是我的小秘密。"

"随便你，不过它的有效性令人怀疑。斯泰高伯谈到你时牙齿都在打战。能让他心甘情愿被你漂亮的小手擒住，那份最后通牒怕是难以办到。我们倒不如直接谈谈能够阻止布拉维肯发生屠杀的另一个人，我来猜猜是谁。"

"我很期待你的悟性，白发。"

"是你，伦芙芮。是你本人。你会展现出真正的贵族气量，不，是公主的宽宏大量，放弃复仇。我猜对了吗？"

伦芙芮仰起头，赶紧用手捂住了嘴，大笑起来。接着，她的神色变得冷峻异常，闪闪发亮的眼睛死死盯着猎魔人。

"杰洛特，"她说道，"我是当过公主，但那是在科莱顿的时候。我曾经拥有一切想要的东西，甚至都不需要开口请求：召之即来的仆人、连衣裙、小鞋子、细棉内裤、珠宝首饰、褐色小马、池塘里的小金鱼、玩具娃娃，还有比你这房间还要大的玩偶屋。直到那天，斯泰高伯和阿瑞黛娅那贱人派了个猎人把我带到森林，命他宰了我，把我的心和肝带回去，一切都变了。这故事很动听，不是吗？"

"不，很丑陋。我很高兴，当时你从那猎人手里逃了出去，伦芙芮。"

"逃了出去？去他妈的。是他可怜我，把我放了。但放我走前，那狗娘养的强暴了我，还抢走了我的耳环和金冠。"

杰洛特拨弄着徽章，直勾勾地盯着她的眼睛。她没有避开视线。

"公主的人生就此结束。"她继续道，"衣裙被撕得破烂不堪，细棉内裤永远不再洁白。后来的日子满是肮脏、饥饿、恶臭和遍体鳞伤，为了一碗汤、一个过夜的去处，不得不向无赖委身屈从。你知道我以前的头发什么样子吗？就像绸子一样柔顺，长过腰间。抓到虱子后，我就用羊毛剪贴着头皮把它们全部剪掉。后来，我的头发再也没有好好地长回来。"

她沉默了一会，拂开额头上几绺参差不齐的头发。

"我偷东西，是为了不被饿死。"她继续道，"我杀人，是为了不被别人杀掉。我蹲过无数弥漫着尿臊味的地牢，不知道明天是会被吊死，还是只挨顿鞭子后被驱逐出城。即便如此，我的继母和你那巫师仍然对我穷追不舍，他们派过杀手，试过毒死我，也用过魔法。要我宽宏大量？要我以公主的身份原谅他？我更愿以公主的身份扯掉他的脑袋，也许该先扯掉他的两条腿，走着瞧吧。"

"阿瑞黛娅和斯泰高伯曾想把你毒死？"

"没错。用涂了颠茄浓缩液的苹果。有个矮人救了我。他给了我一种催吐剂，服下之后我感觉自己简直像袜子一样从里到外翻了个面。但我活了下来。"

"他是七个小矮人之一？"

刚倒完酒的伦芙芮愣住了，手中酒囊悬在杯子上方一动不动。

"哦吼，"她开口道，"你对我的事知道得不少嘛。怎么？你对矮人有成见？还是说你对别的类人生物有成见？准确来说，他们对我要比大多数人类都好，但这不是你该关心的事。我说了，斯泰高伯和阿瑞黛娅像野兽似的使尽浑身解数对我紧咬不放，后来他们没能力再追了，我自己成了猎人。阿瑞黛娅在自己床上蹬了腿，算她走运，没被我早点抓到，我可是为她准备了特别节目。现在该轮到巫师了。杰洛特，你觉得他该不该死？告诉我。"

"我不是法官。我是个猎魔人。"

"当然。我刚才说有两个人可以让布拉维肯免于流血，第二个人就是你：巫师放你进塔后，你趁机把他杀了。"

"伦芙芮，"杰洛特平静说道，"来我房间的路上，你是不是不小心从房顶上掉下去摔坏了脑袋？"

"该死的,你到底是不是猎魔人?传闻说你杀了头奇奇莫拉,用驴子把它驮来换钱。奇奇莫拉不过是没有理智的野兽,杀人是出于众神塑造的天性。斯泰高伯要比奇奇莫拉邪恶百倍,他心狠手辣,是真正的疯子、怪物。用驴子把他给我驮来,我绝不吝啬酬金。"

　　"我不是个拿钱办事的杀手,伯劳鸟。"

　　"你当然不是。"她笑着同意道。说罢,她向后靠着椅背,两腿交叉放到桌上,暴露在外的大腿丝毫没有用裙子遮一下的意思:"你是个猎魔人,人类的守护者,保护他们免受邪恶侵害,而现在,邪恶就是我们彼此为敌时在此处肆虐的火与剑。你难道不觉得,我的提议是小恶,是最好的解决办法?甚至对那狗娘养的斯泰高伯来说也是如此。你可以趁其不备,仁慈地一剑结果了他,让他在死前不必面对将死的恐惧。我恨不得把他千刀万剐,可做不到那般仁慈。"

　　杰洛特陷入了沉默。伦芙芮高举双臂,伸了个懒腰。

　　"我理解你的犹豫。"她说道,"但我必须马上得到答复。"

　　"你知道斯泰高伯和公爵夫人为什么想杀了你吗?"

　　伦芙芮猛然直起身子,双腿从桌子上放了下去。

　　"这不是明摆着!"她激动道,"他们想除掉弗雷德法克的长女,因为我才是继承人。阿瑞黛娅的孩子们是贵贱通婚所生的后代,他们没有任何权利……"

　　"伦芙芮,我说的不是这个。"

　　女孩低下了头,但仅是一瞬。她的眼睛闪闪发亮。

　　"好吧,我知道。他们说我被诅咒了,在妈妈的子宫里受到了污染。他们说我是个……"

　　"说下去。"

　　"怪物。"

　　"那你是吗?"

　　有那么稍纵即逝的一瞬,她看上去脆弱而绝望,而且极为悲伤。

　　"我不知道,杰洛特。"她轻声说罢,神色又变得冷峻起来,"该死的,我怎么会知道?手指割破了,我会流血。每月也会按期见红。我吃撑了,肚子会痛,喝多了,脑袋会痛。我高兴了会唱歌,难过了会骂人。如果恨一个人,就把他杀了。如果……唉,该死的,够了。我要你的答复,猎魔人。"

　　"我的答复是:'我拒绝'。"

　　"还记得我说过什么吗?"沉默片刻后,她问道,"有些提议无法拒绝,一旦拒绝,后果不堪设想。我郑重警告你,我的提议正是其中之一。好好想想。"

　　"我好好想过了。我也郑重警告你,别低估了我。"

　　伦芙芮沉默片刻,手里不停把玩一串珍珠项链。那项链在她优美的脖颈上盘了三圈,垂落在衣服开口处清晰可见的双乳之间,撩人心弦。

　　"杰洛特,"她开口道,"斯泰高伯是不是求你杀了我?"

　　"没错。他认为邪是小恶。"

　　"我是不是可以理解为,你像拒绝我一样拒绝了他?"

　　"可以。"

　　"为什么?"

　　"因为我不相信小恶的存在。"

　　伦芙芮轻轻一笑,而后嘴角逐渐扭曲,在昏黄的烛光下显得十分狰狞。

　　"你说你不信小恶存在。知道吗,你是对的,但只对了一部分。没错,小恶并不存在,存在的只有恶与大恶,两者身后的黑暗中还藏着极恶。而极恶,杰洛特,就算你觉得没什么可以再让你感到惊讶,它也是你无法想象的那种恶。知道吗,杰洛特,有时极恶会掐着你的喉咙告诉你:'选吧,小兄弟,要么选我,要么选那个稍小一点的。'"

　　"能不能告诉我,你到底打算做什么?"

　　"没什么。我有点喝多了,在思考哲学,找寻普世的真理。我刚刚就找到了这样一条:更小的恶是存在的,但我们没法主动选择它。无论我们愿意与否,极恶会迫使我们不得不去选它。"

　　"显然我喝的还不够多。"猎魔人露出嘲弄的微笑,"不过都过半夜了,我们不妨把话说透。我不会让你在布拉维肯把斯泰高伯杀了。我不会允许这里发生战斗和屠杀。我再次建议:放弃复仇吧,别去杀他了。这样,你就可以向他,也向其他人证明,你不是个残忍嗜血的怪物、怪胎、突变者。你就可以证明他错了,而且他的错误给你造成了巨大的伤害。"

　　伦芙芮盯着猎魔人那银链缠在指间、狼头不停旋转的徽章看了一会。

　　"猎魔人,如果我告诉你,我既不会原谅他,也不会放弃复仇,是不是等于承认他和其他人都是对的?是不是证明我就是怪物、是被诸神诅咒的残忍恶魔?听好了,猎魔人。刚开始流浪的时候,一个自由农收留了我。他很迷恋我,但我一点也不喜欢他。于是,每次他想上我时,都会把我打得早上几乎起不了床。有一次,我趁天还黑时爬了起来抹了他的脖子。对了,用的是镰刀。当时我还没有如今的本领,刀子我又觉得太小。知道吗,杰洛特,听着他发出窒息的哽咽声,看着他两条腿不停乱蹬,我觉得他用棍子拳头在我身上留下的那些伤一点也不疼了。我感到了前所未有的愉悦。我吹着口哨,步子轻盈,健康、开心、幸福地离开了那里。之后每次都是同样的感觉。不然的话,谁把时间浪费在复仇上呢?"

"伦芙芮，"杰洛特道，"不论你有什么样的理由和动机，你都不会吹着口哨从这离开，也不会体会到复仇的愉悦。你不会开心、幸福地离开，但至少可以活着。明天一早，照镇长的话做。有句话我说过了，但我要再说一遍：我不会让你在布拉维肯把斯泰高伯杀了。"

伦芙芮的眼睛在烛光下闪闪发光，衣服开口处的珍珠项链在闪闪发光，银链上旋转不停的狼头徽章也在闪烁光芒。

"我为你感到难过。"女孩凝视着流光闪烁的银质圆徽，突然缓缓说道，"你坚信小恶并不存在。你站在广场上，脚下的路已被鲜血染红。你独自一人，孤独至极，因为你不知该如何选择。你不知该如何选择，但你做出了选择。你永远都无法知道，永远都无法确认了，永远……而你得到的回报是石头，是谩骂。我为你感到难过。"

"那你呢？"猎魔人用几近耳语的声音轻轻问道。

"我也不知该如何选择。"

"你是谁？"

"我就是我。"

"你在哪儿？"

"我……好冷……"

"伦芙芮！"杰洛特将徽章紧紧攥在手中。

她像从梦中惊醒一般猛地抬起头，惊讶地眨了几下眼睛。有那么稍纵即逝的一瞬，她看上去惊恐万分。

"你赢了。"她突然狠狠说道，"你赢了，猎魔人。明天一早我就离开布拉维肯，再也不会回到这讨厌的小镇。再也不来了。酒囊里还剩酒的话，给我满上吧。"

把空酒杯放回桌上时，她的嘴角又恢复了那一贯嘲弄、撩人的微笑。

"杰洛特？"

"说吧。"

"这该死的屋顶太陡了，我宁愿等到天亮再走。摸黑走的话我可能会脚底一滑，摔个半死。我是个公主，身子娇柔着呢，隔着草床垫，就算是一粒豌豆我也觉得硌得慌。当然，垫子里的稻草如果塞得满满当当，那就另当别论了。你觉得怎么样？"

"伦芙芮，"杰洛特不由自主地微笑道，"你说的这话像是出自公主之口吗？"

"该死的，你有多了解公主？我曾当过公主，所以我知道，那种人最大的乐趣便是能随心所欲。要我直接告诉你我想要什么，还是你来自己猜？"

杰洛特依旧面带微笑，没有回答。

"我都不愿去想，你心里并不喜欢我。"女孩娇嗔道，"我宁愿相信你是在害怕，怕和那自由农落得一样的下场。哎，白发，我身上可没带任何武器，你大可以自己来搜。"

她把双腿搭上他的膝盖。

"脱掉我的靴子。靴筒可是绝佳的藏刀处。"

她赤脚站起，一把拉开腰带的褡扣。

"这儿也没藏任何东西。你瞧，这儿也是。快灭了那该死的蜡烛。"

屋外的黑暗中，有只野猫尖叫了一声。

"伦芙芮？"

"嗯？"

"这是细棉的吗？"

"当然是了，该死的。我可是个公主，不是吗？"

5

"爸爸！"玛瑞尔卡没完没了地吵闹道，"我们什么时候去集市啊？快带我去集市，爸爸！"

"安静点，玛瑞尔卡。"卡尔德梅拿面包刮擦着盘子，不耐烦道，"你刚说什么，杰洛特？他们会离开镇子？"

"没错。"

"啧，没想到会这么顺利。奥杜恩签署的那张羊皮纸让我很是头疼。我当时不过是虚张声势，说实话我拿他们也没什么办法。"

"就算他们公然违法，引发争斗和骚乱，你也动不了？"

"动不了。杰洛特，奥杜恩是个性情十分暴躁的国王，动不动就把人吊死。我有老婆，有女儿，差事也很不错，让我们一家吃穿不愁。总之，他们要走了，这是件好事。你究竟是怎么办到的？"

"爸爸，我想去集市！"

"丽布莎！带玛瑞尔卡出去！没错，杰洛特，我原以为这事会更棘手。我跟'金色庄园'的老板塞特尼克打听过那帮诺维格拉德人。那帮人臭名昭著，有人认出了其中几个。"

"嗯？"

"脸上有刀疤的那人叫诺霍恩，以前是阿博加德的副手，在'安格伦自由佣兵团'干过。你听说过自由佣兵团吗？废话，谁没听过呢。那个叫十五的壮汉也是佣兵团出身。就算不是，我也不觉得他那绰号取自生平干的十五件善事。黑发黑眼的半精灵叫西弗瑞，是个强盗、职业杀手，据说跟特里达姆大屠杀有关。"

"哪儿？"

"特里达姆。你没听说过？那会闹得沸沸扬扬的，是在三……没错，三年前，玛瑞尔卡当时两岁大。特里达姆的一个男爵把一伙强盗关进了地牢。他们的同伙——据说半精灵西弗瑞也在其中——便在尼斯节期间劫持了一艘满载朝圣者的客船。他们要求男爵释放那些犯人，男爵拒绝了无理要求，于是这伙人开始一个接一个地杀掉人质。等到男爵终于无奈妥协，把那些强盗放出地牢时，已经有十几具尸体被抛到了河里。后来，男爵面临被流放甚至是被砍头的判决，有些人对他怀恨在心，怪他死了那么多人之后才屈服，还有些人扬言他罪大恶极，说这是开了先例，他应当毫不退让，要么把那些歹徒连带人质一起放箭射死，要么派船强攻。男爵在法庭上辩解说自己选择了小恶，因为连妇女和小孩算在内，船上至少还有二十五名人质。"

"特里达姆的最后通牒。"猎魔人低语道，"伦芙芮……"

"你说什么？"

"卡尔德梅，是集市。"

"什么？"

"还不明白吗，卡尔德梅？她骗了我。他们不会离开。他们要像逼迫特里达姆的男爵那样把斯泰高伯从高塔里逼出来，或者是要逼我……还不明白？他们准备屠杀集市上的平民。你们四面环墙的市场是个彻头彻尾的陷阱！"

"我的天呐,杰洛特!坐下!你要去哪,杰洛特?"
被吼声吓坏了的玛瑞尔卡蜷缩在厨房角落,哭得上气不接下气。
"我跟你说过了!"丽布莎伸手指向猎魔人,大嚷道,"我说过了!他就是个灾星!"
"闭嘴,女人!杰洛特!坐下!"
"必须马上阻止他们,等人们进了市场就来不及了。快召集守卫!那伙人一出旅店,就把他们按倒。"
"杰洛特,冷静点,这行不通。他们没犯什么事的话,我们不能轻举妄动。他们要是反抗,那就免不了一番血战,那是帮刀口舔血的主,我的人只有待宰的份。这事如果传到奥杜恩那里,我也会掉脑袋。行了,我会带上守卫去集市,在那死死盯着他们。"
"没有用的,卡尔德梅。人群一旦涌入广场,恐慌和屠杀就阻止不了了,趁现在市场还没人,必须马上抓住他们。"
"这不合法,我不能下这样的命令。半精灵和特里达姆有关的说法有可能是个谣言,万一你猜错了怎么办?奥杜恩会活活剥了我的皮。"
"两恶相权取其轻!"
"杰洛特!我不准你去!我以镇长的身份命令你,不准走!把剑放下!站住!"
玛瑞尔卡一双小手捂着嘴巴,尖叫个不停。

6

西弗瑞抬手遮眼，望了望树后升起的太阳。市场渐渐忙碌起来，推车与拖车吱悠作响，第一批小贩已经在摊位上摆满了货物。铁锤敲击声、公鸡打鸣声、海鸥洪亮的啼鸣声不绝于耳。

"今天会是个好日子。"十五自言自语道。西弗瑞斜眼瞪了他一眼，但什么也没说。

"马匹怎么样了，塔维克？"诺霍恩戴上手套，问道。

"备好了，马鞍也都装上了。西弗瑞，市场上的人还是不够多。"

"还会来人的。"

"也许我们该吃点东西。"

"办完事再吃。"

"说得对。办完了事既有时间，又有心情。"

"快看。"十五突然道。

猎魔人的身影出现在主路方向上，他穿过两旁的货摊，径直朝他们走来。

"啊哈，伦芙芮说的没错。"西弗瑞道，"把弩给我，诺霍恩。"他弯下腰，脚踩弩臂，拉紧弩弦，小心翼翼地将一支箭装入弩槽。猎魔人越走越近。西弗瑞举起弩。

"再走一步试试，猎魔人！"

杰洛特停下了脚步。他与对方大概相隔四十步。

"伦芙芮在哪？"

半精灵俊美的脸庞上浮现出阴险的表情。

"在高塔底下，这会儿她正跟巫师提议呢。她早料到你会来这，让我转交给你两样东西。"

"说！"

"第一样东西是则留言，听好了：'我就是我。选吧。要么选我，要么选那个稍小一点的'。你应该知道这是什么意思。"

猎魔人点了点头，随后抬手握住高过右肩的剑柄。剑光闪过，在他头顶划出一道弧光。他缓缓走向众人。

西弗瑞放声大笑，笑中满是恶毒与阴狠。

"原来如此。她也料到了这一步，猎魔人。你马上就会收到她让我转交的第二样东西。拿眉心接着吧。"

猎魔人并未止步。半精灵把弩架在脸旁。周围变得极为安静。

弦音鸣响，箭矢破空。猎魔人长剑挥动，被弹开的铁矢发出长长的哀鸣，旋转着向上空飞去，硬生生砸到屋顶上，伴着一声闷响落入檐沟。猎魔人继续前行。

"他挡掉了……"十五结结巴巴道，"他挡掉了飞箭……"

"站一起！"西弗瑞指挥道。

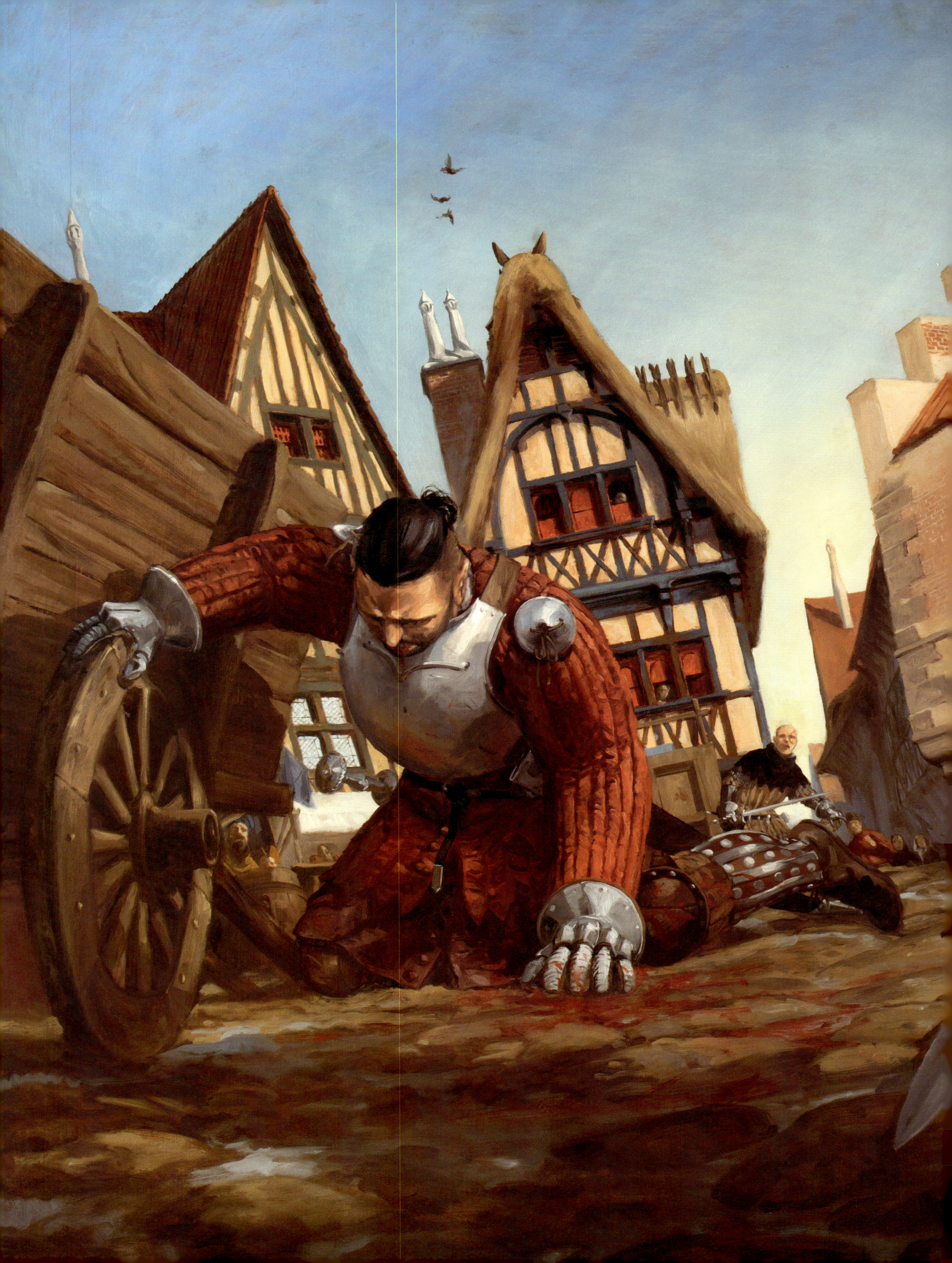

数把长剑唰唰出鞘，众人并肩而立，严阵以待。

猎魔人的脚步由徐转疾，出奇流畅轻盈的步伐已成奔跑。他并非径直奔向手持利刃的众人，而是斜向一旁，围着他们绕起了不断收缩的圈子。

塔维克按捺不住，追着猎魔人的身影冲了出去。双胞胎紧随其后。

"别跑散了！"西弗瑞转着脑袋大吼道。猎魔人的身影已从他视野中消失，他咒骂一声，跳至一旁。在他眼前，一伙人已经完全分散，正疯狂地穿梭于货摊之间。

首当其冲的是塔维克。片刻之前他还在追赶猎魔人，此时却忽然察觉，对方竟从身后左侧超至身前，旋即猛然转身，冲他迎面袭来。

他慌忙小步急停，还未来得及举剑，猎魔人已从身侧掠过。塔维克顿觉腰身重重挨了一下，扭头看去，果然已经中剑。他跪倒在地，惊愕地盯着深可见骨的伤口，爆发出阵阵哀号。

双胞胎同时攻向飞身来袭的模糊黑影，不料却撞到一起，瞬间失了平衡。这一瞬足以致命。维尔胸膛被长剑划开，弯腰低头又跟跄了几步，倒在了菜摊上。尼米尔脑袋一侧被一剑贯入，原地转了几圈，沉重无力地瘫倒在排水沟中。

市场顿时乱作一团，小商小贩四处逃窜，菜架货摊被撞翻推倒，尘土与尖叫冲天而起。塔维克仍想用抖个不停的双手撑地起身，终是倒了下去。

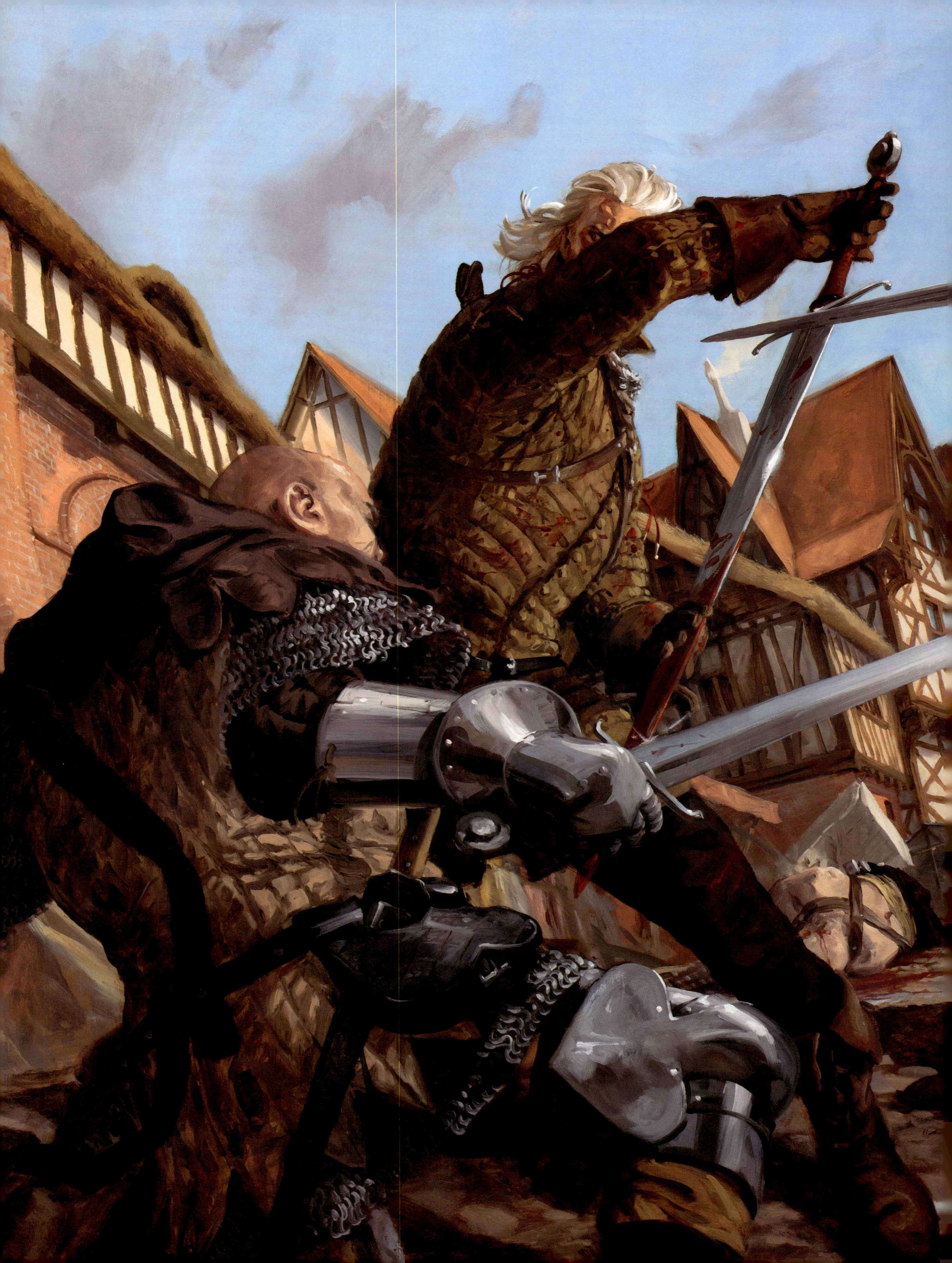

"十五，小心左边！"诺霍恩意欲从后突袭，奔跑迂回之际高声疾呼。十五迅速回身，仍是慢了一步，第一剑穿腹而过，他强忍剧痛，举剑欲斩，第二剑随之而至，刺入他耳下脖颈。他绷直身子，跌跌撞撞走了四步，跌倒在一辆满载死鱼的小车上。小车歪向一侧，动了起来，十五缓缓滑落，倒在了满是银色鳞片的石板路上。

西弗瑞与诺霍恩对猎魔人两面夹击，同时出剑。半精灵攻其上路，横砍快如闪电，诺霍恩单膝跪地，出剑低平，直取下路。长剑相击，铿锵而鸣，两声合为一声，两剑皆被挡下。西弗瑞向后跳开，脚下不稳，抓住货摊方才站定。诺霍恩躲闪不及，竖持长剑挡在身前，虽挡下了第一剑，但剑中蕴藏的巨大力道仍将他弹飞了出去。他单膝跪地，想要起身招架第二剑，却还是慢了一步。寒光闪过，他的脸上多了一道与旧疤对称的口子。

西弗瑞双手持剑，背靠货摊，借势一弹，跃过倒地不起的诺霍恩，冲着猎魔人旋身砍去。一击不中，他立刻避向一侧。在下意识横剑格挡、正欲虚晃一招再出剑之际，虽没有中剑的感觉，他的双腿却不听使唤了。双臂内侧被齐齐划开，长剑从手中掉落，他双膝跪地，摇了摇头，想要站起，却没有任何力气。他的脑袋垂落到膝盖上，死在了红色的血泊中，死在了遍地散落的卷心菜、百吉饼和死鱼之间。

伦芙芮走入了市场。

她缓缓走来，一路绕开小车与货摊，脚步如野猫般轻盈柔软。街道上和屋墙下如蜂群般嗡嗡作响的人群顿时安静了下来。杰洛特一动不动地站在原地，低垂的手里紧握长剑。女孩走到相距十步的地方停下了脚步，他看到，她在夹克底下套了件锁甲，那甲衣很短，堪堪覆盖腰身。

"你做出了选择。"她出声道，"你确定自己选的是对的？"

"特里达姆的悲剧不会在这里重演。"杰洛特艰难道。

"也许吧。刚才斯泰高伯嘲笑了我一番，他说就算我把布拉维肯连带周围几个村子全部屠光，他也不会走出高塔一步。他也不会放包括你在内的任何人进去。干吗这么看着我？没错，我是骗了你。为达目的，我这辈子都在骗人，凭什么让我为你破例？"

"离开这儿吧，伦芙芮。"

她放声大笑。

"不，杰洛特。"她干脆利落地拔出了剑。

"伦芙芮。"

"不，杰洛特。你做出了选择，该轮到我了。"

她一把扯下腰间短裙，在空中舞动几圈，使其缠在左手小臂上。杰洛特退后数步，抬手勾画法印。伦芙芮再次大笑，声音短促而嘶哑。

"没用的，白发。那玩意奈何不了我。只有剑能伤我。"

"伦芙芮。"他又唤道，"快走吧。如果我们以剑搏命，我……就……不能……"

"我知道。"她说道，"但我……我也别无选择。我做不到一走了之。你就是你，我就是我，不必留情。"

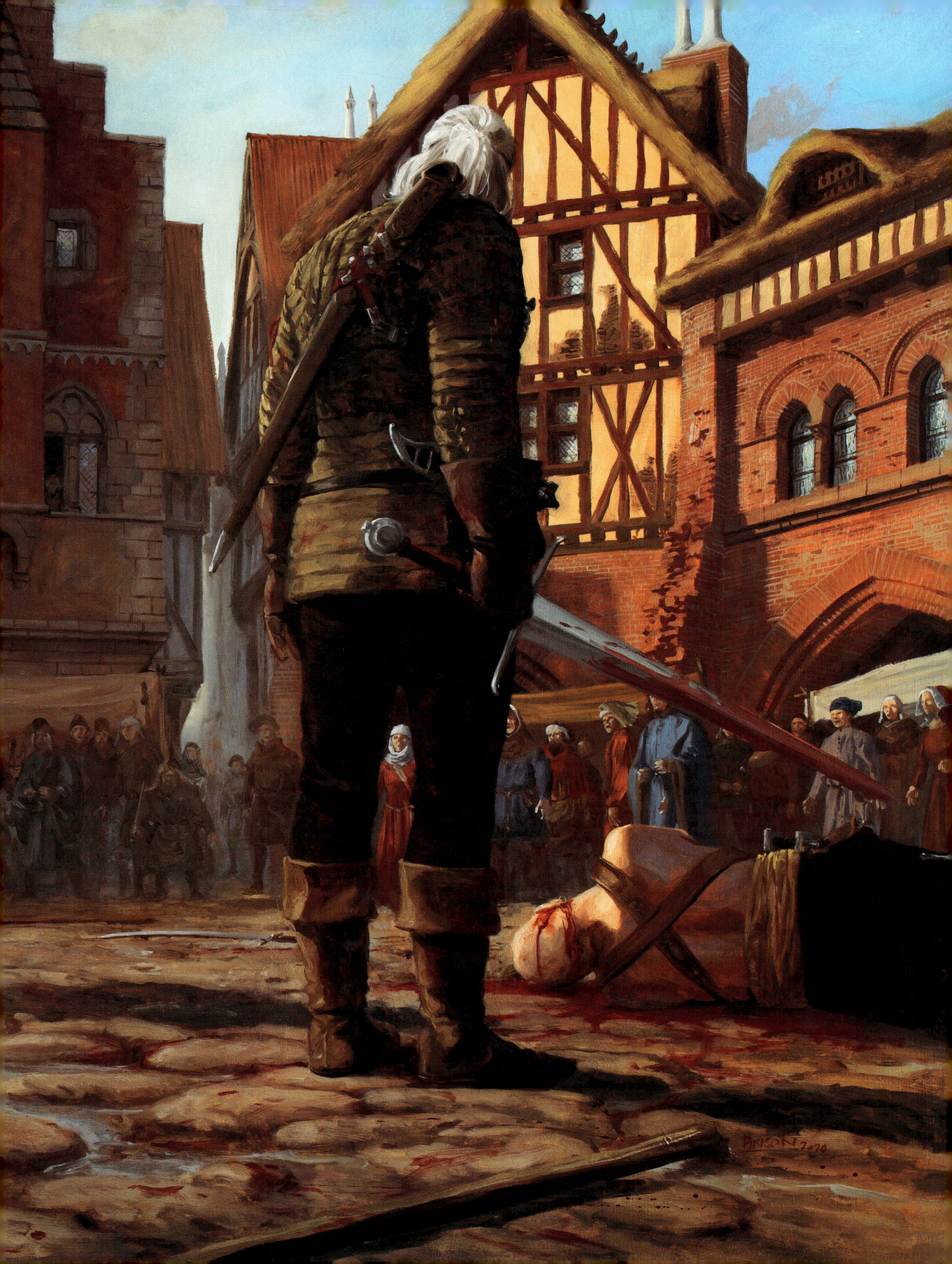

她步伐轻盈，身形晃动，伸向一旁的右手紧握明晃晃的长剑，左手裙摆拖地而行，向他飞快冲来。杰洛特退后两步。

　　她凌空跃起，左臂挥动，裙布在风中猎猎作响，寒光闪烁，隐于裙后的长剑随之而至，短促、利落地斩了下去。杰洛特避至一旁，裙子并未触其分毫，但伦芙芮的剑却与他斜挡身前的长剑轰然相击，滑落了下去。他本能地挥剑反击，剑势短促却不凶险，意在打掉她的长剑。这念头险些酿成大祸。她挡掉来剑，旋即弯下双膝，扭转腰身，一剑刺向他面门。杰洛特勉强接下，随即避开她左臂的突袭，闪转腾挪，接连躲过快如闪电的斩击，跃至一旁。伦芙芮欺身向前，手上短裙冲他双眼掷去，身形旋转半周，自近处挥出一记平斩。他贴着她转过身去，想要避开来剑。她识破了这招，迅速随之旋身。两人距离近在咫尺，杰洛特甚至能感受到她的呼吸，电光石火间，剑刃划过了他的胸膛。袭来的剧痛几乎要将他撕裂，但并未打乱他的步法。他朝相反方向再次回身，格开冲其太阳穴刺来的剑刃，飞快地虚晃一招，反手递出一剑，伦芙芮闪躲过去，高高跃起，作势凌空劈下。杰洛特单膝跪地，伺机而动，瞬息之间，锐利的剑锋自下而上划开了她暴露在外的大腿和腹股沟。

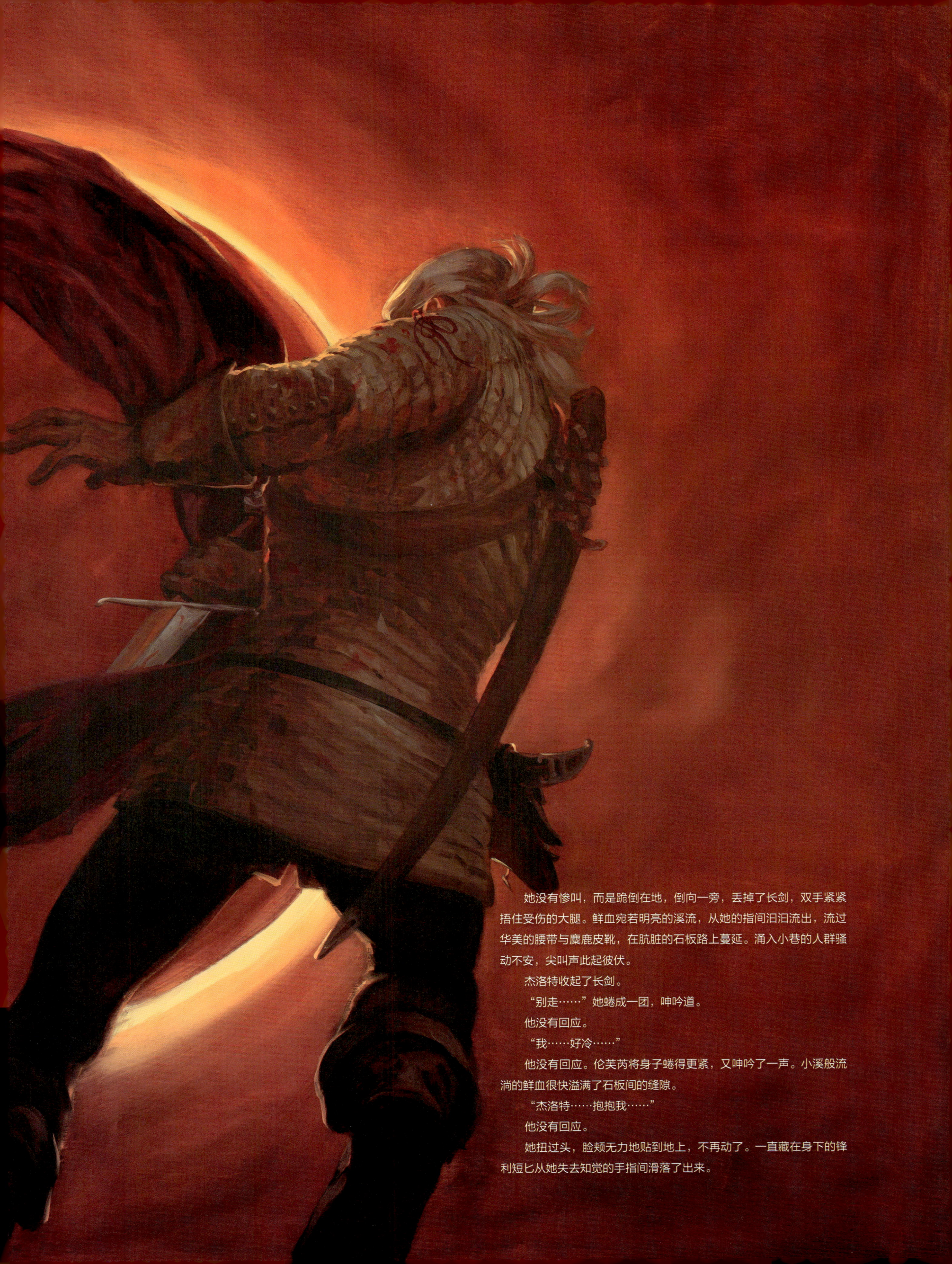

她没有惨叫,而是跪倒在地,倒向一旁,丢掉了长剑,双手紧紧捂住受伤的大腿。鲜血宛若明亮的溪流,从她的指间汩汩流出,流过华美的腰带与麋鹿皮靴,在肮脏的石板路上蔓延。涌入小巷的人群骚动不安,尖叫声此起彼伏。

杰洛特收起了长剑。

"别走……"她蜷成一团,呻吟道。

他没有回应。

"我……好冷……"

他没有回应。伦芙芮将身子蜷得更紧,又呻吟了一声。小溪般流淌的鲜血很快溢满了石板间的缝隙。

"杰洛特……抱抱我……"

他没有回应。

她扭过头,脸颊无力地贴到地上,不再动了。一直藏在身下的锋利短匕从她失去知觉的手指间滑落了出来。

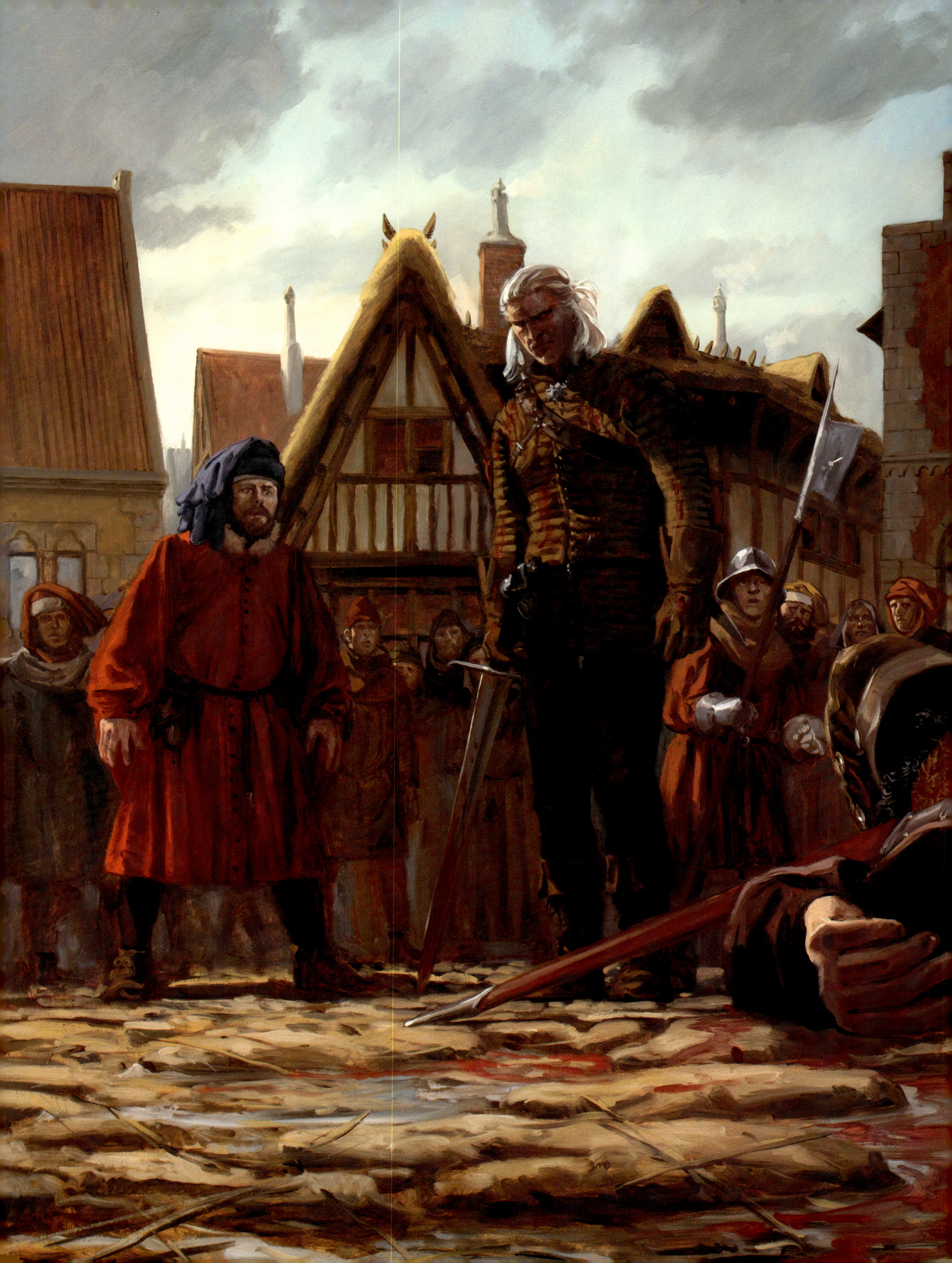

在仿佛永恒一般的片刻过后，不远处传来斯泰高伯法杖敲击石板的声音。猎魔人抬起头，看到巫师正绕过一具具尸体，匆匆赶来。

"真是场血战啊。"他气喘吁吁道，"我都看到了，杰洛特，我从水晶球里看到了一切……"

巫师走到近处，弯下了腰。他穿着曳地的黑色长袍，拄着法杖，看上去极为苍老。

"不敢相信，"他摇头道，"伯劳鸟死透了。"

杰洛特没有回应。

"快，杰洛特。"巫师直起腰，"推辆车过来。我们把她运到高塔去。必须得对她进行解剖。"

没等到任何回应，他瞥了眼猎魔人，朝尸体弯下腰去。

一个令猎魔人自己也感到陌生的人伸手握住剑柄，飞快拔出了长剑。

"巫师，你敢碰她试试。"这个陌生的人说道，"敢碰她一下，就让你人头落地。"

"你干什么，杰洛特，疯了吗？你受伤了，给我清醒点！只有通过解剖，才能确认……"

"别碰她！"

斯泰高伯见到抬起的剑刃，慌忙退开，怒气冲冲地挥了挥法杖。

"好！"他吼道，"如你所愿！但你永远都无法知道，永远都无法确认了！永远！听到了吗，猎魔人？"

"滚。"

"如你所愿。"巫师转过身，手中法杖使劲敲了敲路面，"我要回考威尔，这破地方我一天也待不下去了。跟我走吧，别继续留在这了。那些人什么都不知道，他们只看到你杀了人。杰洛特，在他们眼里你就是个可怕的屠夫。明白了吗，要不要走？"

杰洛特没有回答，甚至没有看他一眼，只是默默收起了剑。斯泰高伯耸了耸肩，快步离去，法杖富有节奏的敲击声愈来愈远。

一块石头从人群中飞出，"咔嗒"一声，砸到了石板路上。第二块石头紧随其后，从杰洛特的肩头掠过。猎魔人昂首挺立，双手抬起，快速结出一个法印。人群像搅动的蜂窝般骚动起来，飞来的石块愈加密集，却被他周身无形的护盾一一弹开。

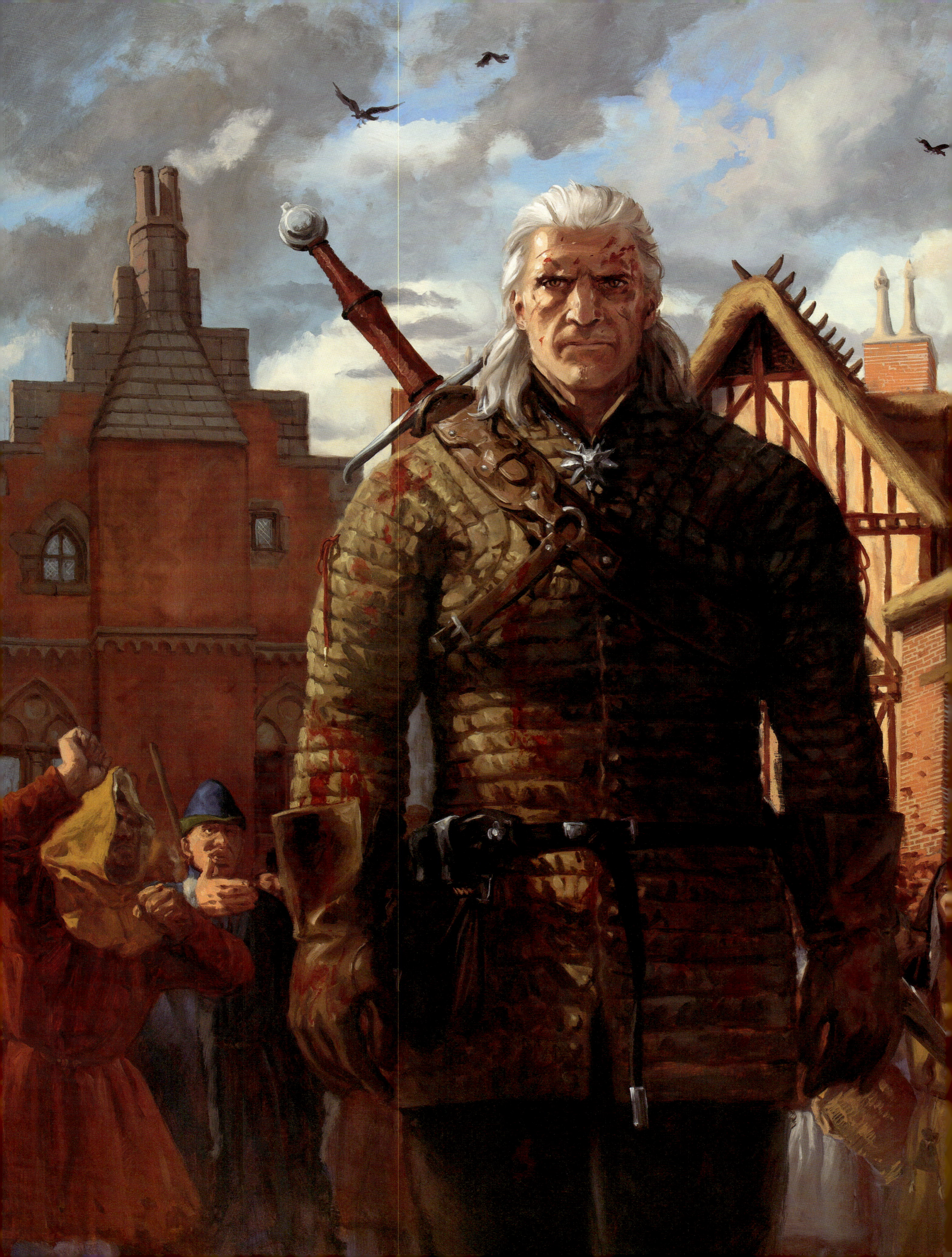

"够了！！！"卡尔德梅吼道，"狗日的，给我住手！"

人群如狂风巨浪般咆哮起来，但不再扔出石头。猎魔人一动不动地站在原地。

卡尔德梅走到他身旁。

"满意了？"他伸手扫向散落在小广场上的那些尸体，"这就是你选择的小恶？你做完了那些自认为必须要做的事了？"

"是的。"杰洛特迟疑了一下，艰难答道。

"你伤得重吗？"

"不重。"

"那就离开这吧。"

"好。"猎魔人道。他避开镇长的目光，又站了一会，而后极为缓慢地转过身去。

"杰洛特。"

猎魔人回过头。

"永远别回来了。"卡尔德梅道，"永远。"

《猎魔人》的成功（二）：时代和认可

1994 年，"猎魔人"传奇系列的第一部《精灵之血》出版。它与同系列的两个短篇集《最后的愿望（白狼崛起）》和《命运之剑》一起为"猎魔人"的知名度打下了基础，同时也让安杰伊·萨普科夫斯基在他的故乡波兰获得了文坛的认可。此时，距离 1986 年 12 月《幻想文学》登载短篇《猎魔人》已经过去了 8 年。从那天起，利维亚的杰洛特便从未停止他的冒险，而安杰伊·萨普科夫斯基则在改头换面的波兰，赋予了曾经饱受蔑视的类型文学——奇幻故事一种全新的面貌。

从此之后，安杰伊·萨普科夫斯基越来越成功。《猎魔人》成了现象级的作品，不仅仅是因为这部传奇小说成了畅销书，更是因为它获得了各种最负盛名的文学奖项。1990 年至 1994 年之间，萨普科夫斯基获得了在科幻和奇幻作家看来最为有名的四项大奖。1997 年，他又获得了"政治周刊护照"（Passeport Polityki）奖，这是波兰最重要的文学及艺术奖项之一。其后的《胡斯》三部曲第一卷《愚人之塔》还获得了波兰文学大奖"尼刻"（Nike）奖提名，"尼刻"奖是类似法国龚古尔文学奖的本土知名文学奖项。

1999 年，《湖中女士》的出版为"猎魔人"五部曲画上了句号。在《精灵之血》（1994）、《轻蔑时代》（1995）、《火之洗礼》（1996）、《雨燕之塔》（1997）以及《湖中女士》这五部作品出版后，安杰伊·萨普科夫斯基已成为波兰的明星，而且很快将要蜚声国际。萨普科夫斯基成为了波兰作品被翻译得第二多的作家，仅次于《索拉里斯星》作者斯坦尼斯瓦夫·莱姆。他的书已经被翻译为 37 种语言，在全球售出 1700 万册。2009 年，他凭借《精灵之血》获得"大卫·盖梅尔"奖奇幻奖。2016 年，他被"世界奇幻奖"评为奇幻大师之一。

2001 年，一部由《猎魔人》改编的电影（原电影名：*Wiedźmin*）在波兰上映。紧接着便是电视剧改编、舞台剧改编，还有音乐剧。2003 年，波兰游戏公司 CDPR（CD Projekt Red）从安杰伊·萨普科夫斯基处取得了游戏改编权，2007 年，在"猎魔人"短篇集英文版上市数月后，CDPR 即推出首款 PC 端角色扮演游戏《巫师》，又在 2011 年发行《巫师 2：国王刺客》。2015 年，CDPR 凭借《巫师 3：狂猎》成名，这一作在评论界及大众玩家中都获得极大成功（全球各版本售出超 4000 万份），在游戏世界具有里程碑的意义：它叙事的野心，它复杂又多样的任务，都让它成了此前少有的、值得一玩再玩的游戏。接下来，流媒体巨头奈飞将猎魔人传奇改编为剧集，平台于 2019 年 12 月上线第一季，共 8 集，由"超人"演员亨利·卡维尔出演主角。2020 年初，该流媒体平台称《猎魔人》是其史上收视最高的连续剧，全世界共 7600 万人次收看了这套节目，紧接着便宣布第二季会在 2021 年上映，同时，还会推出一部名为《血源》的衍生剧和名为《狼之噩梦》的动画片。黑马漫画出版公司也为《猎魔人》制作出品了漫画版，不过早在 1993 年，《猎魔人》的波兰语漫画就已经面市了。

今天，利维亚的杰洛特已经成了世界流行文化中的标志性人物。

为了更好地介绍安杰伊·萨普科夫斯基作品的影响，有人将其同乔治·R.R. 马丁作比较。这两位作家都很晚才开始写作自己的伟大作品，而且都是在 20 世纪 90 年代——《精灵之血》于 1994 年出版，《冰与火之歌》第一卷于 1996 年出版。基于他们作品的电视剧改编都获得了空前成功，更重要的是，它们都品质卓绝，从一般的奇幻冒险故事中脱颖而出，突破了核心读者圈，这使得在图书出版二十年后，其故事仍能引发新一代读者的热烈反响。这些品质包括了文本的严谨、人物的生动，以及在奇幻世界中讲述具有深刻人文关怀情节的企图心。杰洛特是我们在幻想文学世界中见过的最为复杂的主角之一，他所经历的种种波折带来了内省，唤起了人性中的普世美德。

而且不只有杰洛特！安杰伊·萨普科夫斯基还用才华横溢的笔创造出了各种强大、充满渴求、能将命运掌握在自己手中的女性角色，这无疑是《猎魔人》能同时赢得男性和女性读者喜爱的原因之一。这些读者愿意一次又一次地重温和这些角色相关的一切。

杰洛特和安杰伊要走的路都还很长。他俩踏上的确实是一场意外之旅，但显然，他们都还没有走到终点……

（法语翻译协力：小酹）

乌戈·潘森工作室出品

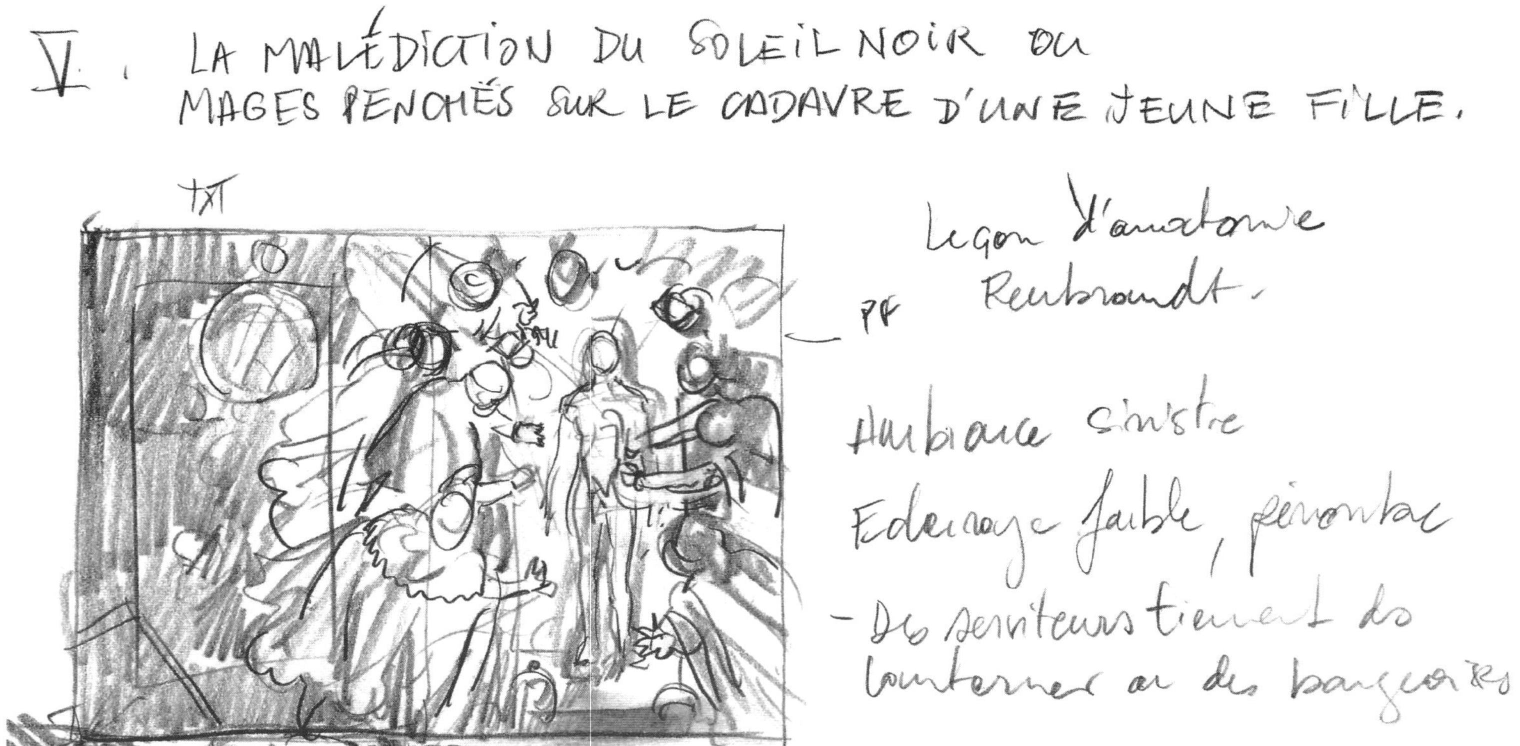

V. LA MALÉDICTION DU SOLEIL NOIR OU
MAGES PENCHÉS SUR LE CADAVRE D'UNE JEUNE FILLE.

Leçon d'anatomie
Rembrandt.

Ambiance sinistre
Éclairage faible, pénombre
- Des serviteurs tiennent des lanternes ou des bougeoirs

"我作为一名插画师，工作的第一步是认真阅读短篇小说。这样，才能在尊重原文本的叙事节奏和叙事方式的基础上，完成视觉化的分镜脚本。在一个笔记本上，我写下了最初的图像构思，还有一些或能在之后带给我灵感的批注。旁边的那一页，则是我根据初步构思和批注，做的一些调研内容与素描图。要完成油画作品，这种素描图便是实打实的基础性步骤。"

——乌戈·潘森

VI. JEUNES FILLES EMMENÉES SUR UNE CHARRETTE
PAR DES SOLDATS VERS UN BEFFROI AU LOIN.

RENFRI / LA PIE GRIÈCHE

- POURPOINT NOIR ORNÉ
- CEINTURE D'APPARAT
- ÉPÉE BÂTARDE
- DAGUE ORNÉE
- BROCART DE SOIE SUR LES HANCHES
- BOTTES EN DAIM

TAVIK

- TRAPU
- BANDIT, MERCENAIRE
- BASANÉ
- JAQUE + PLASTRON
- ÉPÉE 1 MAIN
- BOCLE
- PAS TRÈS DOUÉ

NIMIR / VYR - LES JUMEAUX

- JEUNES
- IMPULSIFS
- BANDITS
- NARCISSIQUES

NOHORN, LE BALAFRÉ

- ANCIEN MERCENAIRE
- MAILLE + JAQUE
- CANONS D'AVANT-BRAS
- JAMBIÈRES
- ÉPÉE 1 MAIN

LE QUINZE

- ANCIEN MERCENAIRE
- TYPE COSAQUE
- STYLE BRUTAL
- ÉPÉE BÂTARDE OU FAUCHON

CIVRIL

- VOYOU
- DEMI-ELFE
- BRETTEUR AGILE
- ARBALÉTRIER
- POURPOINT
- CHAUSSES
- ÉLÉGANT
- ÉPÉE 1 MAIN

"《勿以恶小》中的反派人物集齐了！伦芙芮的帮派实际上有六个人，但尼米尔和维尔是一对孪生兄弟。我仍旧在人物旁边多注释，一般来说写的是从小说中搜集到的信息，以便能更传神地将人物的容貌画出来。"

"为了在布拉维肯集市中的决斗场景，我绘制了下面这张全景平面图，类似于'等距视角2D图'。这样，我便能再现每个角色的动作和整场战斗的武术设计。而且我还能准确地知道该在背景中画哪一栋建筑。"

PLACE DU MARCHÉ – BLAVIKEN

SOLEIL

"上面这张素描图是为了这本画册的封面所绘——杰洛的那一页。是我在2019年画的一张杰洛特的头像图。图中的杰洛特身穿绒服，

致 谢

我要对蒂姆·蒙田表达我的无限感激之情，他在这个项目上投入了很多精力，有犀利的眼光和许多宝贵的建议。

感谢阿尔莫尼·布里库。谢谢他勤恳的奉献，绘制了相当多精美的服饰，为我提供了参考。

感谢艾丽斯·迪波尔－佩西耶和大卫·杜康，谢谢我的"主角"们。他们为伦芙芮和杰洛特的外形提供了参照。

感谢"强盗"团队中帕特里斯、安东尼、本努瓦对项目的参与，也感谢"1415军队"团队中克里斯蒂安·布兰盖和凯文·布罗沙尔对项目的参与、贡献和提供的道具参考。

感谢德尼·巴伊拉姆的宝贵意见，和盖爱尔·勒·布的高质量工作。

最后，感谢布拉热洛涅出版团队，尤其要感谢皮埃里克和法布里斯，他们是暴风雨中的掌舵人！

U.P.